Micheline Cumant

Je m'ennuie ...

2015 Micheline Cumant
Edition : BoD – Books on Demand
12/14 rond-point des Champs Elysées, 75008 Paris
Imprimé par Books on Demand GmbH, Norderstedt,
Allemagne
Dépôt légal : novembre 2015
ISBN : 9782322040124

« Qu'est-ce que je me serais ennuyé si je n'avais pas été là ! »

(Jules Renard)

6

Je m'ennuie ...

Je m'ennuie ... je reste là, vautrée sur mon vieux fauteuil, mes toiles et tout mon matériel m'entourent, des bouquins s'entassent, des CD, le courrier est posé en vrac sur un coin de table, il y a sûrement des factures, des papiers administratifs, une flûte à bec est plantée dans un pot de fleurs, tous mes objets font la tête, je ne les vois plus. Je m'ennuie.

Ma dernière toile démarrait assez bien, un autre petit tableau est resté inachevé, rien à faire, le vide. Et ne me parlez pas de ménage, de rangement, ou de ces travaux qu'on ne fait jamais que quand on ne peut plus ni manger, ni s'habiller, ni même entrer chez soi parce que la porte est coincée par un tas de choses indéterminées, tout cela il n'en est pas question, je n'y penserai plus jamais, je m'ennuie.

Pas malade, pas de problème trop important, peut-être un découvert en banque comme tout le monde, je ne viens ni de me faire larguer ni de perdre un proche, je paye mon loyer, je m'entends bien avec mon propriétaire et mes voisins, aucun événement grave ne s'est produit dans le monde depuis quelque temps, c'en est même bizarre ... Simplement, cette grosse araignée qui a nom l'ennui s'est attardée sur moi. Soupirs, gestes agacés, pieds frottés sur le parquet, je me gratte la tête, j'ai soif et j'ai la flemme de me lever ... je m'ennuie. J'entends quelqu'un dans l'escalier.

Lydia frappe et entre.

- Tiens, c'est toi ? » Lui dis-je.

- Oui. C'est idiot d'être toujours soi ».

Sur cette pensée philosophique elle s'affale sur quelque chose qui ressemble à un siège, et je comprends qu'elle est aussi tire-la-flemme que moi aujourd'hui.

- Chérie, me demande-t-elle, est-ce ennuyeux de ne rien faire ?

- Non, mais c'est terriblement fatiguant. On cherche désespérément quelque chose à faire, on fait de tels efforts que quand on l'a trouvé on n'en a plus ni l'envie ni le courage.

- Alors que faire ?

- Tu vois, tu cherches déjà.

- Tu deviens philosophe ... Je ne t'aimerai plus si tu te mets à raisonner. Je te veux artiste folle.

- Pour l'instant, je n'arrive plus à m'habiller de ce costume, trop grand pour moi. Je cherche plutôt quelque chose de très automatique à faire. Tu sais, le style « telle heure, telle chose ».

- Et cela te réussit ?

- Je ne sais pas, je n'ai pas encore essayé.

- Et travailler ?

- A quoi ? A barbouiller des toiles ?

- Ce n'est pas un travail pour toi ?

- Non. Sinon je ne le ferais pas ».

Sur cette pensée de sybarite je me lève d'un coup, empoigne mon imperméable et sors, laissant Lydia s'ennuyer toute seule au milieu de mon désordre.

Dehors, je me demande pourquoi j'y suis. Il y a du monde, comme d'habitude, des magasins ouverts, comme toujours – enfin non, pas toujours, le soir ils sont fermés quand je sors, mais rien ne m'intéresse. Je vais jusqu'au quai et regarde les bateaux sur le fleuve, la cathédrale, je connais tout ce spectacle, c'est un vieux film, pourquoi est-ce que je regarde l'eau, quel intérêt, elle ne va pas s'arrêter de couler sous notre climat, d'ailleurs il commence à pleuvoir. Quelques gouttes, qui s'arrêtent. Le ciel aussi s'ennuie, ce doit être fatiguant d'avoir à choisir entre degrés de température, soleil, pluie, neige, sans trop mélanger les saisons parce que les gens râleraient et se plaindraient au gouvernement, alors quand il est fatigué il est vidé, comme aujourd'hui, il n'arrive pas à choisir s'il va faire pleuvoir ou non, d'abord fait-il chaud ou froid ? On dit variable, tempéré, moyen … Non, tout de même, je ne vais pas lui souffler de déclencher une tornade pour se distraire, ce ne serait pas politiquement correct. Et il serait ennuyé, les gens aussi, il y aurait des dégâts partout, non, laissons notre petite météo moyenne de climat tempéré se débrouiller, désolée, décide-toi toute seule, je n'ai pas de suggestions.

Bon alors, qu'est-ce que je fais ? Et pourquoi ai-je laissé Lydia de cette façon ? Parce qu'elle s'ennuyait, et deux ennuis ensembles produisent des dépressions. J'ai dit. Alors il faut réagir, me dis-je en m'affalant sur un banc. Tâchons de penser. Les neurones, une, deux ! Avançons ! Ah, il pleut, bon, le ciel s'est décidé. C'est déjà quelque chose.

Je rentre et Lydia me regarde avec dans les yeux une lueur d'espoir.

- Tu as trouvé quelque chose à faire ?

- Oui.

- Et quoi ?

- Te distraire.

- Ce sera dur. Mais je t'en aurai une éternelle reconnaissance.

- Je ne vais pas m'y attaquer toute seule. Téléphonons à Vodka ».

L'artiste peintre natif de Bécon-les-Bruyères, qui se faisait appeler Vodka à cause de son penchant pour le whisky et ses idées de gauche, accepta de s'ennuyer avec un grand plaisir.

- Je n'avais rien à faire, nous dit-il en guise d'introduction. Depuis combien de temps vous ennuyez-vous ?

- Depuis toujours.

- Et moi, encore plus. Allons, unissons-nous, camarades ».

Ses idées politiques ont du bon car, quelques heures plus tard, nous nous retrouvons à quinze dans ma piaule à partager mon dernier paquet de biscuits ainsi que quelques sentences du style « L'ennui est le fait de la civilisation des loisirs ». Personnellement je me moque de la cause, l'effet me suffit.

Je cause, je ne sais plus de quoi, avec une ou deux personnes, qui au fait ? Je ne suis pas ivre mais je ne les vois pas, je comprends ce qu'ils disent, ce que je dis correspond, mais je suis spectatrice de ce débat.

Je cherche Lydia, qui est en train de s'esclaffer aux propos d'un copain qui raconte des histoires très vieilles, très usées, de celles qui ressemblent à de bonnes vieilles pantoufles qui vous vont bien aux pieds, on a beau se dire qu'il faut les renouveler, on reprend les mêmes, elles vous tiennent chaud, une histoire que l'on connaît bien, on se sent chez soi en l'entendant. Ce sont des histoires charentaises, bien feutrées. Je remarque à l'allure de Lydia qu'elle a un peu bu et raconte n'importe quoi. Mais cela lui est sûrement égal car elle ne s'ennuie plus.

D'ailleurs, est-ce que je m'ennuie, moi ? Je n'ai pas envie de beaucoup bouger, mais je ne pense pas à demain, alors que la horde qui occupe mon territoire a dérangé tous mes dérangements et qu'il va falloir que je dérange de nouveau demain, mais à ma façon. Je m'en rends compte mais cela ne me cause aucun souci, les choses vont ainsi, comme le temps qui s'est décidé à faire tomber la pluie, et c'est très bien car on n'aura pas besoin d'arroser les géraniums. Et les voitures seront lavées. Et les gens sont rentrés chez eux au lieu de traîner. Et on a dû vendre des parapluies. Mais pourquoi est-ce que je pense à cela ?

Et bien ... cela m'occupe !

L'Errance

Je glisse très vite, personne ne me voit. Je cours, non, je rampe, ou non, je flotte ... Je ne sais pas mais je me déplace très vite, ou très lentement, selon l'endroit. J'aime quand il fait frais, la lumière ou la chaleur ne me conviennent pas. Je marche, non, je ne sais pas, je glisse le long d'un courant d'air dans un endroit humide et froid.

Je m'appelle ... je me suis appelé Enguerrand, il y a très longtemps. Je me suis battu, je le sais, mais contre ... des hommes différents, il fallait se battre, se défendre, défendre ... quoi, au fait ? C'était loin, et c'était il y a longtemps.

Quand la brume monte au-dessus de la rivière, quand l'ombre du soir envahit les murs, je me sens mieux, je peux me mouvoir, revisiter ces lieux qui sont encore debout ... mais ils ont changé depuis que je suis parti, là-bas dans ce qu'ils appelaient la Terre Sainte, il n'y avait pas autant de lierre, de mousse sur les murs, et il y avait là une toiture, et ce mur était sec ... et il y avait plein de gens dans cette cour, des gens, des animaux, des chariots, maintenant il n'y a presque personne, de temps en temps quelqu'un passe, mais jamais la nuit.

Le chêne est toujours debout, il a grandi, épaissi, il fait de l'ombre ... pendant un temps j'ai craint pour lui, des hommes passaient tout près, avec des engins de fer qui crachaient le feu, les murs en gardent encore la trace, ces hommes vêtus de bleu clair, comment faisaient-ils dans leurs vêtements de tissu pour résister au feu ... avec juste un petit casque, beaucoup sont morts et sont restés sous la terre autrefois champ fertile et là-bas, il y avait un bois où je chassais les cerfs et les sangliers, maintenant il n'y a plus d'arbres et plus loin il y a un espace tout gris avec d'étranges machines qui passent très vite. Il reste un ou deux chevaux, par là-bas, mais ils ne tirent plus les voitures ... Mais le chêne est toujours là ...

C'est la nuit, je sors, je longe les murs, je m'étends, je m'étire, il y a du vent qui me transporte vers les champs, des gens sont sur le chemin, je siffle, je chantonne et ils se lèvent et se sauvent très vite. Je vais vers le village, vers le clocher de l'église qui n'est plus celle d'autrefois, elle est toute grise, toute lisse, plus de statues, des vitraux bizarres ... mais je sais que c'est une église, je me coule autour du clocher, je souffle, autrefois les cloches se mettaient à sonner quand je les effleurais, des gens égarés faisaient un signe de croix en les entendant ... il y a quelques bruits venant des maisons, les gens ferment les volets, il y a des cloches mais je ne peux plus les faire sonner ... et il y a des lumières bizarres, sans feu ...

Un soir d'orage je me suis laissé glisser vers le village, le long d'un grand poteau de fer d'où partaient des fils, j'ai tourné autour et des étincelles s'élevaient, des herbes sèches ont pris feu, j'ai alors entendu des bruits venant de partout, des engins à lumière clignotante qui arrivaient, je me suis coulé vers eux, ils criaient, ils ont éteint le feu et tout a été noir sauf les lumières de leurs engins.

Dans mon château je retourne parfois dans cette pièce qui n'a maintenant plus de plafond, celle où je me tenais avec ma Dame ... je ne sais plus son nom, je ne connais plus son visage, pourtant je suis retourné auprès d'elle ensuite, mais elle ne me voyait pas ... Elle a pleuré, mais elle est restée, nos enfants ... je les ai à peine vus, très petits, ils riaient quand ils entendaient le vent sur lequel je glissais, mes sifflements ne leur faisaient pas peur. Et puis après ils ont disparu, il y a eu d'autres gens, étaient-ils leurs enfants ? Je ne sais plus.

Des gens viennent parfois, ils visitent, ils discutent, ils montrent les murs, les examinent, les mesurent, et ils ont réparé une grille, et ils racontent mon histoire. Comment l'ont-ils connue ? Dans ce qu'ils disent, il y a beaucoup de vrai. Ils parlent de la Croisade, du Roi, d'un religieux venu ici ... et plus tard il y a eu un homme assassiné près du donjon, je le sais car son ombre est encore là dans les douves, mais elle ne bouge pas, et le soir parfois j'entends son souffle bruyant ... Quand des chiens passent près d'ici, ils aboient et d'autres leur répondent, les animaux n'ont pas changé, ils savent toujours que nous somme là ...

Ce soir il y a beaucoup de vent, je glisse, je tourne autour du château, je vais vers le village, je tourne autour du clocher, je longe le mur du cimetière et il y a des ombres, on entend un grondement en-dessous, il y en a beaucoup, des gens du pays, d'autres morts pendant cette guerre des hommes en bleu et en gris-vert, avec leurs engins cracheurs de feu, certains ont une croix au-dessus de leur tombe, avec leur nom, mais d'autres sont là-dessous, sans rien, on ne les connaît pas et leur esprit gronde ... le sol ne bouge pas mais il gronde, il souffre encore de tout ce qui s'est passé. Je tourne autour du mur, je me coule entre les tombes, je siffle en faisant sursauter deux squelettes enlacés, des rats s'enfuient, les chats crachent toutes griffes dehors, eux me voient mais ils reculent, leur poil hérissé et leurs miaulements rejoint mon sifflement et le grondement de la terre ...

Je tourne autour de ce clocher qui n'en est pas un, des feuilles volent, des volets claquent, une toile tendue devant un magasin s'envole ... Des gens sortent la ramasser, ils jurent, pestent, je ne comprends pas bien leur langage, ils ne parlent plus comme nous et sont étrangement habillés. Ils sont nerveux, ils ont du mal à traîner la toile, je la soulève en soufflant, le vent en fait autant dans l'autre sens, ils jurent encore et finissent par la récupérer et la replier. Ils rentrent, l'au-dehors est à nous, nous glissons le long des murs, un cheval dans un pré hennit, piaffe, mais je le calme en caressant son encolure, il ne me voit pas mais souffle fort dans ma direction, il pointe les oreilles ... puis il rentre sous un abri, lui non plus n'aime pas le vent. Des chiens aboient au loin, ils sont les terreurs des hommes, qui eux se taisent avec orgueil, ils ne croient pas à ces histoires, ils n'aiment pas le vent qui démolit les auvents et arrache les feuilles des arbres, mais ils ne veulent pas dire avoir peur de ce qu'ils ne voient pas et ne peuvent toucher. De temps en temps, je me coule autour du cou d'un de ces êtres incrédules, il sursaute mais n'avouera pas avoir senti quelque chose et encore moins avoir eu peur. Les femmes, oui, elles sursautent, elles disent sentir les choses, elles sont plus près de la vie ... Mais elles s'efforcent de ne pas trop en parler, certaines ont été brûlées pour l'avoir fait, c'était il y a longtemps, c'est vrai, maintenant les gens avalent des médications pour pouvoir dormir quand ils me devinent à proximité. Et quand ils veulent dire qu'ils m'ont senti, entendu, on les oblige à avaler quelque chose pour qu'ils n'en parlent plus.

Je reviens près du château, de mon château qui est toujours là, depuis peu ils ont remis un toit sur une partie des bâtiments, ils ont aménagé un petit pavillon à côté. Est-ce que des hommes vont venir y vivre ? Ou est-ce qu'ils vont venir y parler, y discuter en racontant mon histoire et celle des autres seigneurs qui y ont vécu ? Je me coule le long des murs, je tourne, je siffle, je fais crier les feuilles de lierre, des rats s'enfuient, des chats miaulent, des chiens aboient au loin, je monte au donjon et de là-haut je crie de toutes mes forces, le pays est tout entier rempli de mon hurlement, je ne suis pas en repos, je suis le Seigneur Enguerrand qui devait revenir ici sur sa terre et dont les os sont restés là-bas dans le désert brûlant sans arbres, personne n'honore ma sépulture, on m'a oublié là-bas dans le désert près de cette citadelle ... ils se sont souvent battus là-bas, ils se battent encore aujourd'hui, personne ne retrouvera mes restes, ils se mêlent désormais aux restes des autres, avec des engins bizarres, qui crachent la mort très loin ... Je suis le Seigneur Enguerrand qui erre dans son château retrouvé mais que les murs ne peuvent plus reconnaître, le chêne a grandi tout seul, et ma Dame a disparu ... Je crie depuis le haut du donjon, le vent me fait écho, les arbres bruissent de toutes leurs feuilles, les pierres font entendre leur voix ...

En bas, dans le petit pavillon, il y avait un homme. Un très vieil homme aux grosses mains calleuses, qui mangeait sa soupe la casquette vissée sur la tête, assis à une table recouverte d'une toile cirée, près d'une vieille femme qui regardait un étrange appareil où bougeaient des images lumineuses. Quand je me suis approché, il a avalé sa dernière cuillerée de soupe, a soulevé sa casquette et a dit simplement :

« Comment allez-vous, Monsieur le Fantôme ? »

Il y a tout de même des gens polis …

Un Cadeau

Madame Dubois se décida à allumer la télévision, bien que Catherine ne fût pas encore arrivée. Elle vérifia que l'on était bien mardi ... oui. Le mardi était le jour du feuilleton que Catherine et elle aimaient à regarder, une saga dans un beau château quelque part en Europe centrale, au dix-neuvième siècle. Et cela faisait bien deux ans que Catherine ne manquait pas un épisode. Travaillant dans une grosse société et suivant des cours le soir, elle logeait dans une chambre où elle n'avait pas de poste, sortait peu et le mardi était son jour de détente. Elle arrivait ponctuellement à vingt heures, toutes deux suivaient un peu les nouvelles en grignotant un dîner rapide, et à vingt heures quarante commençait l'histoire. Pendant une heure et demie, le monde extérieur n'existait plus, les deux femmes vivaient à la cour du prince et de la princesse, écoutant de la musique romantique et dansant aux bals de la cour, allant chasser dans les forêts, écrivant des lettres, des poèmes enflammés à celui qu'elles aimaient. Madame Dubois avait beau avoir atteint un âge où les illusions ne sont plus de mise, elle se laissait prendre à ce mirage et oubliait à la fois son âge, sa santé déclinante et son appartement tout petit, ses meubles en formica, sa cuisine dont les murs noircis par des décennies de cuisson n'avaient jamais reçu un coup de peinture, sa table de salle à manger avec sa toile cirée déchirée et brûlée par des régiments de casseroles ayant raté le dessous de plat, ses fauteuils dont on sentait les ressorts. Tout comme Catherine qui attendait le Prince Charmant, qui rêvait à un monde où elle était princesse ... Madame Dubois, elle, acceptait tout de même d'être la Dame de compagnie, qui était une personne sage, ou la femme de chambre, active et efficace, toute dévouée à sa maîtresse et éprise du cocher du duc de X... Catherine, elle, ne voulait être que la princesse.

L'image de la télévision se brouilla un peu, Madame Dubois eut une angoisse. Déjà, avant-hier, elle avait eu un problème. Non, l'image redevenait nette. C'est vrai que ce poste commençait à être vieux. Mais bon, tant qu'il marchait ... Il fallait qu'il marche, pour elle et sa petite Catherine.

Des pas dans l'escalier, Catherine entra, elle avait la clé. Elle se précipita pour embrasser Madame Dubois.

- Pardon, Mamie ! Une grève de bus, j'ai dû marcher, heureusement que ce n'est pas trop loin. »

Du plus loin qu'elle se souvienne, Catherine avait toujours appelé Madame Dubois « Mamie », bien qu'elles n'aient aucun lien de parenté. Les parents de Catherine avaient habité le même immeuble, et lorsque son père avait été mis en prison pour cambriolage, la petite fille avait logé chez Madame Dubois qui s'était occupé d'elle. Depuis, sa mère galérait comme elle pouvait entre parloirs de prison et petits boulots, et Catherine n'avait plus que sa « Mamie » pour famille.

L'image de la télévision se déforma, mais redevint normale. Ouf. Madame Dubois se leva avec effort.

- Ne bouge pas, Mamie, je vais chercher la soupe. Le pain ? »

Madame Dubois lui indiqua le sac de tissu où elle rangeait le pain. Catherine prit la casserole, coupa du pain et toutes deux s'installèrent. Elles avaient encore un moment avant le début de leur série.

- Tu sais, Mamie, je vais peut-être entrer dans un orchestre.

- C'est vrai ? C'est formidable, tu passes un concours ?

- Oui, une audition, dans trois jours. Je travaille mon violon tous les soirs, tu sais que je n'ai pas de problèmes de voisins, ma chambre est au-dessus de bureaux, et à côté c'est un gars qui n'est jamais là.

- Et tu as bon espoir ?

- Je ne sais pas. Tout dépend de ce qu'on me dira, et de mon épaule. Pour le moment, ça va. »

Catherine avait commencé le violon lorsque son père avait « trouvé » un instrument et le lui avait donné, il y avait quelques années. Elle avait pris des cours à l'école de musique locale, mais avait dû arrêter lors de l'arrestation de son père, sa mère ne pouvant plus payer les cours, même s'ils étaient peu chers. Depuis, elle travaillait comme elle pouvait, consciente de ce que son niveau lui permettait tout juste de se débrouiller pour jouer une partie simple dans un ensemble. Récemment, elle avait vu une annonce, un orchestre qui cherchait des violonistes, et qui n'était qu'un petit orchestre de théâtre local, payant peu mais il s'agissait d'un emploi régulier. Le souci de la jeune fille était les séquelles d'un accident passé, une déchirure musculaire à l'épaule, qui par moments la gênaient pour jouer.

- Tu veux venir me jouer ton morceau ? Histoire de te rôder ? Par exemple samedi, dans la journée, si tu peux.

- Oh oui, d'accord. Mais maintenant, chut ! Ca commence ».

A présent, plus rien n'existait que leur série magique. Elles restèrent silencieuses, devant cette féerie qui se déroulait sur l'écran. De temps en temps l'une d'elles sursautait, une exclamation rapide fusait, mais elles étaient rivées à l'histoire, n'entendant plus les bruits de l'immeuble et encore moins ceux de la rue. De temps en temps, l'image tremblotait un peu, mais redevenait très vite nette. Elles ratèrent le générique de fin, l'image se transformant en kaléidoscope de petits carrés de couleurs, mais cela n'avait plus d'importance, elles avaient pu tout voir.

Madame Dubois se leva pour préparer une tisane, encore un rituel de la soirée du mardi, elles burent rapidement, Catherine embrassa Madame Dubois et lui promit de venir samedi lui jouer son morceau. Elle savait que « Mamie » trouverait toujours qu'elle jouait très bien, elle aimait à écouter de la musique classique de temps en temps mais sans s'y connaître vraiment. Cependant, il était toujours utile de jouer devant quelqu'un, cela mettait en situation. En se quittant, elles se dirent comme toujours « à mardi ». La série passait avant tout.

Catherine vint le samedi, un peu contrariée car son archet de violon était un peu usé à l'endroit où elle posait la main. Madame Dubois lui demanda si cela se réparait, elle acquiesça, et sortit un bout de sparadrap. « Ce n'est pas joli, mais cela tient ». Bien sûr, il lui faudrait le porter chez un luthier quand elle pourrait prendre le temps.

Les deux femmes réalisèrent que l'on était à deux semaines de Noël. Evidemment, Madame Dubois sortait peu, et Catherine ne prenait pas garde à l'ambiance générale, occupée qu'elle était à courir de son travail à chez elle. Ces derniers temps, elle s'était astreinte à rentrer chez elle à l'heure du déjeuner pour travailler son violon, et rentrait très vite le soir pour continuer à jouer. Madame Dubois, elle, s'inquiétait un peu pour son poste de télévision, mais en fin de compte, il marchait cahin-caha. Elle se demandait ce qu'elle pourrait bien offrir à Catherine, elle tenait à lui faire plaisir ...

Elle examina son compte en banque, elle avait mis de l'argent de côté pour changer de poste de télévision en prévision du jour ... bon, le poste marchait, il valait mieux gâter un peu Catherine qui n'avait jamais grand-chose, elle ne comptait pas sur sa mère qui ne se souvenait de son existence que très rarement, pour lui rappeler d'aller voir son père ... Sur son agenda, il y avait un rendez-vous chez son médecin, c'était hier, elle l'avait oublié, bon, il faudrait reprendre rendez-vous, mais rien d'important, il lui restait encore des médicaments, et elle ne se sentait pas plus fatiguée que d'habitude.

Catherine se réveilla le matin de l'audition avec une grimace, elle avait mal à l'épaule. Elle remua son bras, doucement, ce n'était qu'une mauvaise position, attention tout de même à ne pas faire de gros efforts.

Le métro, des gens la bousculèrent, elle faisait attention à son épaule, c'était l'heure d'affluence, attention à ne pas rater la station ... Elle parvint à la salle, se présenta et attendit avec plusieurs autres personnes. Elle joua, avec application, ni bien ni mal, mais juste, en mesure, il n'y eut pas de faute, mais son épaule lui faisait de plus en plus mal, sa sonorité s'en ressentait.

On lui dit tout de même qu'elle avait bien joué, qu'elle avait une bonne technique, mais qu'il lui fallait travailler le son, gagner en puissance, etc ...

Elle sortit, le froid la saisit et il lui sembla qu'elle se dégrisait. Qu'avait-elle cru ? Qu'on n'attendait qu'elle ? Les autres postulants avaient derrière eux des années de pratique, des diplômes, des instruments de meilleure facture que le sien, ils avaient commencé très jeunes ... Elle se rendit compte qu'en fait, elle n'y avait jamais cru.

Bon ! Elle avait un travail, dans une entreprise qui marchait bien, et, si elle n'était que standardiste, elle pouvait suivre des cours professionnels, monter en grade. Et surtout, elle avait Mamie, la seule qui la connaissait, la seule qui l'attendait, tous les mardis ...

C'était bientôt Noël, elle voulait faire un beau cadeau à Mamie ... Sans qu'elle s'en rendît compte, ses pas l'avaient portée vers le magasin. Electroménager, informatique, hi-fi, son ... et les télévisions. Elle passa en revue les postes. Celui-ci, pas bien cher, mais non, trop petit. Là, non, trop grand et hors de prix ... mais il fallait un bon poste, une belle image pour regarder la série du mardi. Ah, tiens, c'est l'un de ceux-là qu'il faut ... Les prix ? Un peu trop, dommage, Elle ne pouvait se décider tout de suite, elle devait revoir son compte en banque. Quitte à entamer un peu le découvert autorisé, pas trop tout de même.

Son épaule lui faisait mal, elle entra dans un café et prit un antalgique avec sa boisson. Elle regarda son étui à violon. Allait-elle continuer à jouer ? Elle aimait la musique, mais pas à ce point, tout de même ... Et puis, ce violon, il lui venait de son père, dont elle ne voulait plus entendre parler. Il avait détruit la vie de sa mère, et que serait-elle devenue sans Mamie ?

Elle descendit au métro Europe, prit la rue de Rome et entra chez un luthier. Bon, le violon ne valait pas cher ... il fallait le régler un peu ... L'archet, non, il ne valait plus rien, trop abimé. Moi, je ne peux vous en donner que ...

Catherine sortit de chez le luthier toute heureuse. Elle avait vendu son violon, mais pour la somme exacte qu'il lui fallait pour le poste de télévision. Elle porta le chèque à sa banque et courut au magasin. Le vendeur lui conseilla un modèle dans ses prix, elle convint de la livraison, précisant qu'il s'agissait d'un cadeau et qu'il fallait que cela arrive bien le jour prévu, demanda à ce qu'on l'installe, sa grand-mère ne pourrait le faire.

Le lendemain, elle eut beaucoup de travail, le surlendemain aussi. Le soir, elle se dit que Mamie avait dû recevoir le poste, espérons qu'il a été bien installé. Bon, au pire, je sais comment on programme les chaines, mais j'ai hâte d'être à mardi. Non, je ne viendrai pas plus tôt, notre jour, c'est le mardi.

La journée du mardi se traîna avec une lenteur désespérante, Catherine regardait sans cesse la pendule, sa montre ... Enfin, la sortie ...

Elle entra dans l'immeuble et allait se ruer dans l'escalier lorsque la gardienne l'appela :

- Mademoiselle Catherine ! Vous avez su ?

- Quoi ? » Catherine frissonna. Que se passait-il ?

- Mais Madame Dubois est morte ! Hier, elle est sortie faire ses courses, elle avait de la difficulté à marcher, elle est rentrée toute essoufflée. Elle s'est assise chez moi un moment et m'a raconté qu'elle venait de recevoir un beau poste de télévision tout neuf, que vous lui aviez offert ... »

Catherine sentit ses jambes se dérober sous elle. La gardienne la rattrapa et la fit asseoir.

- Ce matin, elle s'est sentie mal, le Samu est venu et l'a emmenée à l'hôpital. J'ai téléphoné, elle est morte. Il paraît qu'elle avait le cœur en très mauvais état.

- Oui, je sais ... elle se soignait ...

- Quand la machine est trop usée ... Ah, quand on l'a emmenée, elle m'a dit de vous donner quelque chose, attendez ... Elle aussi avait un cadeau pour vous. »

La gardienne revint avec un paquet, un cylindre de carton. Catherine le prit, se demandant ce que cela pouvait être. Elle l'ouvrit.

C'était un archet de violon.

Echec à l'horizon

Cette nouvelle est dédiée à la mémoire de mon père, à qui cette aventure est vraiment arrivée ...

Le soldat Boisselier, de la classe 1936, s'ennuyait sur la ligne Maginot, prenant ses jumelles, jetant un coup d'œil, les reposant. Dans sa casemate, il était en tête-à-tête avec un téléphone de campagne, et sa mission était de surveiller l'horizon. Parce qu'en 1914, les allemands étaient entrés en France par la Belgique et le Luxembourg, il avait fallu construire une ligne de défense pour protéger le pays d'une nouvelle invasion. Et ainsi Boisselier s'était retrouvé là, un petit rouage dans cette grande machine, chargé d'observer ce qui se passait de l'autre côté. Pour protéger la France.

On lui avait dit « tu auras les yeux fixés sur la ligne bleue des Vosges ». Ben non. Où il était, c'était sur les Ardennes, sans ligne bleue. Rien à faire, rien à voir. Attendre.

Il n'était pourtant pas un feignant, Boisselier, ça non. Et il était un bon patriote. Il avait toujours écouté son papa lui raconter Verdun, son papa qui avait eu la chance de rentrer entier après les tranchées. Quand son papa lui racontait la guerre, il rêvait de continuer, il vengerait les morts, il sauverait la France des envahisseurs.

Et Boisselier était devenu ingénieur. Enfin, presque, il avait préféré faire son service avant la fin des études. Pour que son papa soit fier de lui. Et, parce qu'il était ingénieur en télécommunications, on l'avait mis dans une casemate, avec une paire de jumelles et un téléphone. Il faisait son boulot, Boisselier. Mais il s'ennuyait.

Il regarda le téléphone. Mais le machin restait muet. Il avait envie d'appeler Malauric, mais il savait que son copain n'était pas seul aujourd'hui, dans l'autre casemate, à un kilomètre et demi plus au Nord-Ouest, il y avait un officier qui faisait une inspection. On se demande bien pourquoi, ni Malauric, ni lui, Boisselier, n'avaient envie de se barrer, ils étaient peinards. Même, lui faisait le ménage dans la casemate, histoire de s'occuper, il avait trouvé un balai, ça lui semblait plus utile que le fusil Lebel qu'on lui avait collé dans les bras et dont il savait à peine se servir. Bon, il était soigneux, Boisselier, il le nettoyait, en faisant attention, il vérifiait que tout fonctionnait. Et il n'oubliait pas de prendre ses jumelles à intervalles réguliers. Puisque c'était la consigne. Surveiller.

Il s'était tout de suite bien entendu avec Malauric. Pourtant, l'autre était un méridional, expansif, rigolard, alors que lui, Boisselier, était normand, circonspect, plutôt taciturne. Mais il avait tout de suite aimé discuter avec lui. Malauric était étudiant en maths, et comme lui un passionné des échecs.

Les gars avaient d'abord discuté, commenté, évoqué le jeu, et puis Malauric avait sorti un échiquier et ils avaient entamé une première partie. Dès lors, ils avaient su comment ils passeraient leurs moments de liberté. Bon, ils iraient de temps en temps au bistrot, avec les autres, « On n'est pas des sauvages » disait Boisselier. « Et en plus on n'est pas racistes, on accepte même de boire le coup avec des bretons ! » ajoutait Malauric. Mais, le plus souvent, on les voyait penchés sur leur échiquier, avec un ou deux gars qui connaissaient le jeu et les regardaient. Car ils jouaient bien, tous les deux.

Et puis on les avait posté chacun dans une casemate, à un kilomètre et demi. Et là, Boisselier s'ennuyait. Malauric aussi, dans l'autre casemate. Enfin, pas aujourd'hui, il devait se faire houspiller par l'officier parce que lui, il ne passait pas le balai. Enfin, c'était ce que pensait Boisselier.

Ils avaient trouvé un moyen de s'occuper : comme ils étaient équipés de téléphones, ils avaient décidé de s'appeler pour jouer aux échecs à distance. Bon, les ouvertures, deux ou trois coups, on resterait au bout du fil, c'était une phase du jeu plus rapide, plus automatique. Mais après, il fallait raccrocher, celui à qui c'était le tour réfléchissait. Comme ça, ils notaient la partie, se référaient à des coups joués par Alekhine ou Marshall, refaisaient les parties jouées lors du championnat de 1921 où Capablanca avait battu Lasker, et professaient une admiration sans bornes pour tous les grands joueurs, quelle que fût leur nationalité. Les pièces d'échecs ne font pas de politique … Mais aujourd'hui, les pièces de bois s'ennuyaient sur leur plateau. Boisselier les avait mises en place, avait machinalement reconstitué quelques débuts de parties, quelques problèmes classiques, mais rien d'original. Il s'ennuyait.

Le téléphone grelotta, fit un bruit bizarre, et enfin se décida à sonner. Boisselier ne sursauta même pas. Il était circonspect, Boisselier. Il espérait que ce soit Malauric, mais ce pouvait aussi être l'officier de service, il ne devait pas sauter sur le téléphone, et devait répondre avec une voix normale. Parce que décrocher en braillant « ah, enfin, qu'est-ce que tu fichais ? », ça, l'officier risquait de ne pas apprécier.

Ouf, c'était Malauric. « Il est parti, le vieux singe, il va voir les autres gars, plus à l'ouest. On est tranquilles. Tu prends les blancs ou les noirs ? »

Boisselier prit les noirs, Malauric commença avec les blancs : e2-e4, e7-e5, Cavalierf3-d6. Les deux joueurs raccrochèrent, réfléchissant à la suite de la partie. Puis Boisselier considéra l'échiquier, et resta figé. Au bout d'un moment, il se rendit compte que Malauric n'appelait pas, alors que c'était à son tour de jouer. Mais enfin, c'était simple ... tout bête. Malauric appela, indiqua le coup suivant, raccrocha. Boisselier rappela, le téléphone grésillait « tu m'as bien dit ... Prend d4 ? Non ? Allo, articule, on n'entend rien ! » Crouïïïc ... Boisselier raccrocha et se tourna vers la lunette de la casemate, prit ses jumelles, regarda ... non, rien. Même pas de vent. Pff, ce téléphone ! Il avait bien essayé de le réparer, de le bidouiller, mais il s'était fait sérieusement réprimander : on ne touchait pas au matériel de l'armée. C'était son métier, les téléphones ? Pas ici, il était le soldat Boisselier, dans sa casemate, et son boulot c'était de surveiller l'horizon. Point.

La partie continua. Au bout de quelques coups, Boisselier se rendit compte qu'il dormait à moitié. Bizarre, un joueur d'échecs ne s'endort pas. Un troufion qui monte la garde, si, mais il ne devrait pas. Boisselier se forçait à prendre ses jumelles, à exécuter la mission qu'on lui avait confiée. Et il gambergeait.

Tout ça à cause de ce mec, l'Adolf, l'excité ... il met le pays sur le pied de guerre, il paraît, il se prend pour Napoléon ou Jules César ... Mais c'est un dingue, ce type, comment ils l'ont élu ? Bof, il va se faire assassiner par un de ses copains. En attendant, je guette les gens d'en face. Combien de temps ça va durer ?

Boisselier posa ses jumelles et regarda l'échiquier en bâillant. Mais qu'est-ce qu'on est en train de jouer ? Il décrocha le téléphone, tourna la manivelle, ça grésillait, alors, ça marche ou ... ah, oui, ça marche.

- Dis donc, Malauric, tu sais quoi ? On est des débutants !

- Mmmmm ... quoi ? Au fait, c'est à qui de jouer ? Je m'endors !

- Bien sûr, moi aussi ! On est en train de réciter la défense Philidor, le coup pour débutants, enfin, tout bête, tout simple.

- Qu'est-ce que tu racontes ? J'aurais vu !

- Regarde tes pièces, tu vas voir. »

Malauric posa le téléphone, mais il raccrocha par inadvertance. Un moment passa, Boisselier en profita pour jeter un coup d'œil dans ses jumelles. Le téléphone sonna, c'était un de ses supérieurs qui avait essayé d'appeler et s'était demandé s'il n'y avait pas une panne, c'était occupé. Boisselier répondit qu'un officier avait appelé, et l'autre raccrocha.

Boisselier était agacé, il avait dû raconter une craque, il n'aimait pas ça. Ce n'était pas un menteur, Boisselier. Et manquer de se faire sauter une perm' ou coller trois jours d'arrêt pour une partie d'échecs de niveau simple, même pas intéressante, que tous les deux pouvaient réciter par cœur même avant le petit déjeuner, il faut avouer que c'aurait été bête.

Malauric appela.

- Ben oui, il vaut mieux arrêter, on récite notre leçon, comme à l'école les Fables de La Fontaine. Qu'est-ce qui nous a pris ? Parce que toi non plus, tu ne l'as pas vu tout de suite.

- Non, je m'ennuie, et je n'arrive pas à trouver une idée d'ouverture un peu corsée. Toi non plus, alors ?

- Ben non ! C'est la faute à Hitler. Na ! Qu'est-ce qu'on fiche ici, dans ces champignons en béton ? Tu peux me le dire ? Tu vois quelque chose ? Ils sont trop occupés à défiler, les boches ! Ou à jurer fidélité à leur « fuhhhreueueueur » - Malauric appuyait sur le « eu » -, ce dingue qu'est paraît-il impuissant ...

- Ben dis donc, t'es bien renseigné ? T'as tenu la chandelle ?

- J'ai entendu ça, il paraît qu'il peut pas, ou presque pas, il a un docteur particulier qui lui fait des piqures pour ça.

- C'est peut-être pour ça qu'il est si excité ... il compense, on dit ...

- Ouais, ben, pendant ce temps, on bâille dans nos trous. Et on n'arrive même plus à jouer aux échecs correctement. T'as fait quelque chose, en dehors de surveiller l'horizon ?

- Rien de rien ! J'ai passé le balai en arrivant, c'est toujours utile, mais à part ça ...

- T'as encore envie de faire ça ? T'es courageux, dis donc ! Quand on montera à l'assaut, tu démarreras en tête !

- Parce que tu crois que ça va arriver ?

- Quoi ?

- Qu'il va y avoir la guerre ? Pour de bon ?

- On le dit. Mais les on-dit ... j'ai lu un article dans le journal, il paraît que Hitler remet des armées en Rhénanie, et en Espagne ça chauffe ... Et l'autre, l'italien, il en met un coup aussi, et ils sont d'accord tous les deux. Si ça arrive, lequel tu prends ?

- Comment, lequel ?

- On se les partage, un tire sur Hitler, l'autre sur Mussolini. C'est pas un bon plan ?

- Rigole pas avec ça, à ma dernière perm', mon père il était très inquiet.

- T'as raison. Mais en attendant on s'emm... On recommence une partie ?

- Essayons. Quelle ouverture ? Une anglaise ou une Alekhine ?

- Tiens, essayons une anglaise. Commence, toi. »

Boisselier raccrocha, prit ses jumelles pour comme d'habitude ne rien voir, et replaça les pièces sur l'échiquier. Puis il tourna la manivelle du téléphone.

- Tu y es ? c4.

- OK. Attends, que je me souvienne de la défense ... Ah, oui. »

Bon, ils redémarraient. Mais au bout d'un moment, Boisselier s'aperçut qu'il s'était trompé. Lourdement. Il allait être mat en deux coups. Malauric appela, indiqua son coup. Tiens, il ne dit pas « échec » ? Mais qu'est-ce qu'il a joué ?

Malauric n'avait pas vu l'erreur et il avait laissé à son adversaire une possibilité de s'en sortir. Donc lui aussi, il dormait. Pas possible, ça. C'est la faute à cet endroit, cette casemate, il fait sombre, ça pue, j'ai beau balayer...

Boisselier sortit quelques secondes pour respirer, il se sentit mieux. Puis il retourna vers l'échiquier, examina la situation ... oui, bon, on allait rattraper le coup. Variante de ... zut, je ne sais plus. Pff, ce n'est plus un cerveau que j'ai, c'est un navet trop cuit ... Bon, jouons comme on peut ».

Il actionna la manivelle, le téléphone crachota puis daigna lui laisser entendre la voix de Malauric. Il annonça son coup, Malauric réfléchit quelques secondes et joua. Ils laissèrent le téléphone branché, ils n'avaient pas l'intention de jouer de façon trop élaborée. C'est vrai, quand on s'ennuie, on perd ses moyens.

Boisselier ne vit pas entrer l'officier. Un grand type maigre, sec, dont la voix portait loin. Enfin, c'est l'impression qu'il en eut, car il fut immédiatement assourdi par les injures dont le gradé l'accablait.

- Et alors ? On mobilise le téléphone de campagne pour bavarder avec les copains ? C'est grave, ça, Boisselier ! »

Boisselier se mit au garde-à-vous, il savait que cela ne servirait à rien de protester, de trouver une explication. Il avait mobilisé le téléphone. En plus, comme par un fait exprès, il avait machinalement rangé les jumelles dans leur étui. L'officier n'avait pas vu l'échiquier. Mais peu importait, de toutes façons la partie n'offrait aucun intérêt. C'était une mauvaise journée.

Boisselier écopa de trois jours d'arrêt, il apprit que Malauric avait été lui aussi attrapé. Quand ils sortirent, on avait déjà oublié pourquoi ils avaient été sanctionnés et on les envoya dans des casemates, sur la ligne Maginot. Pas les mêmes, mais toutes pareilles. Avec mission de surveiller l'horizon. Et tous deux purent se remettre à jouer aux échecs, mais ils faisaient attention et guettaient dehors. Un coup dans les jumelles, un coup dehors, un coup sur l'échiquier, on réfléchit en regardant dehors ... un coup sur l'échiquier, un coup dans les jumelles ... Ils étaient bien rôdés, maintenant.

Mais le soldat Boisselier s'ennuyait, dans sa casemate sur la ligne Maginot. Tout devenait répétitif, un coup d'œil dans les jumelles, un coup d'œil dehors, un coup d'œil sur l'échiquier, un coup d'œil dehors, on joue, on téléphone – et on n'oublie pas de raccrocher après le coup, plus question de bavarder. Un coup dans les jumelles ...

Rien ne se passait. Rien à l'horizon, heureusement qu'il y avait l'échiquier. On les relevait, ils faisaient leur rapport, toujours le même, rien à signaler. Et il s'ennuyait, Boisselier. Il se disait qu'il en avait encore pour ... enfin, quelques mois. Et après, il serait ingénieur, ou champion d'échecs. Ou balayeur. Ou standardiste. D'autres les remplaceraient, à guetter l'horizon sur la ligne Maginot. Pour quoi faire ?

Après tout ... peut-être qu'il n'y aurait pas de guerre ...

Rien de Neuf ...

Mademoiselle Constance était assise sur son banc favori dans un coin du jardin, occupée à remplir une grille de mots croisés très complexe. Elle avait dû, chez elle, rechercher certains termes qui lui étaient inconnus, puis s'était décidée à prendre sa voiture pour se rendre dans ce parc qu'elle affectionnait particulièrement pour s'aérer en marchant le long des allées bien droites, des parterres de fleurs bien alignés, des haies qui dessinaient des figures géométriques. Cela s'appelait un jardin à la française, elle l'appelait un jardin cartésien, les fleurs, les arbustes et même l'herbe poussaient selon un plan établi à l'avance qui ne laissait pas place à la fantaisie. C'était beau comme une table de multiplication ...

Mademoiselle Constance exerçait depuis une quinzaine d'années les fonctions de comptable dans une administration. Ce travail lui convenait tout à fait, pas trop prenant, des collègues aussi appliquées et discrètes qu'elle, et une chef de service qui se contentait de leur fournir le travail tous les matins et de leur transmettre les circulaires. Bref, elle n'était pas dérangée. Le salaire était celui de la fonction publique, pas vraiment élevé, mais constant, et il suffisait à Mademoiselle Constance dont les seules dépenses étaient le *Figaro* du week-end, surtout pour ses mots croisés, et l'entretien de sa voiture qui lui permettait d'aller se promener dans ce parc qu'elle affectionnait car rien n'y changeait jamais, à part la couleur des feuilles selon les saisons. Elle retrouvait ce coin de verdure, ce banc entre une statue et une haie bien taillée, elle s'y installait s'il était libre, ou sur le banc d'à côté d'où l'on pouvait voir un grand bassin et des jets d'eau.

Elle était satisfaite de sa réussite : une grille très grande, très complexe, qu'elle avait su résoudre entièrement, bon, elle avait cherché deux mots sur Internet, du vocabulaire spécialisé, pour le reste tout était rempli par ses soins. Mais maintenant elle était en panne. Les grilles étaient toutes terminées. Histoire de rester tranquillement assise, elle exécuta un sudoku – « exécuter » était le mot juste, la pauvre grille ne résista pas longtemps devant une comptable spécialisée dans les chiffres. Mais, justement parce que les chiffres étaient son métier, Mademoiselle Constance préférait se distraire avec des mots ...

Elle resta assise, se sentant stupide. En principe, toute personne a le droit de s'asseoir sur un banc dans un parc et de ne rien faire. Mais Mademoiselle Constance ne faisait jamais rien pour rien. Si elle s'asseyait, c'était pour faire quelque chose. Si elle se levait, c'était pour faire autre chose, en général marcher pour aller ailleurs. Mais normalement, après ces mots croisés niveau +++, la logique aurait été de se lever et de marcher pour se reposer.

Mademoiselle Constance pensa un moment aller chez un marchand de journaux acheter un recueil de grilles ... mais elle avait l'habitude d'aller toujours au kiosque près de chez elle, le vendeur la connaissait, lui gardait les recueils de haut niveau et la prévenait des nouvelles parutions. Ailleurs, elle ne trouverait que des forces 4 ou 5 au maximum ... Elle rouvrit la revue, il lui fallait trouver quelque chose à faire, tout de suite. Tiens ? Un test de personnalité, voyons ...

"Avez-vous l'esprit d'à propos ?" Ainsi s'intitulait le test. Il y avait des ronds, des carrés et des triangles, chacun correspondant à une réponse. Mademoiselle Constance s'attela à ce problème afin de savoir qui elle était, peut-être allait-elle avoir une révélation ?

Une question la dérangea : "Si vous n'arrivez pas à dormir, descendez-vous à la cuisine vous préparer une infusion, restez-vous au lit à compter des moutons, ou renoncez-vous à dormir et prenez-vous un livre ?" Elle bloqua sur la réponse : en effet, habitant un studio, elle ne descendait pas à la cuisine mais y allait ... elle ne se faisait pas une infusion mais une tasse de lait chaud ... de plus, attendre que le lait chauffe l'agaçait, et elle ne voulait pas qu'il soit brûlant, aussi comptait-elle les secondes avant d'éteindre le réchaud ... c'était presque comme compter des moutons ... et, en se recouchant, il lui arrivait souvent de lire, mais alors elle choisissait un livre bien ennuyeux, afin de s'endormir, aussi le fait de lire n'était-il pas pour elle renoncer à dormir ... Comment répondre ?

Elle trouva le test inintéressant et ferma la revue, puis se leva. D'ailleurs, il commençait à faire froid, elle pouvait rentrer. Elle passerait au kiosque, il était encore ouvert à cette heure.

Elle retrouva sa voiture et ouvrit la portière, s'assit sur le siège. Un homme apparut, ouvrit la portière côté passager, et s'assit à côté d'elle.

- La vieille, tu vas faire ce que je te dis, sinon ..." Il avait quelque chose dans la main, c'était une arme ...

Mademoiselle Constance fronça le nez. Cet homme n'était pas poli. On ne s'adresse pas à quelqu'un en l'appelant "la vieille". Non, il n'était pas poli. Et en plus, il montait dans sa voiture et lui donnait des ordres ... cela ne se faisait pas entre gens bien élevés. Elle ne lui répondit pas.

- Tu sais qui je suis ? Emile ... Emile la Tremblote !"

Ce Monsieur Emile était décidément très impoli. On ne tutoie pas les gens comme cela. Et "la Tremblote", qu'est-ce que c'était que ce sobriquet ?

- Tu n'as pas entendu parler de moi ? On m'appelle la Tremblote, parce que quand je tire, c'est en zigzag ... comme ça !" L'homme fit le geste de tirer à la mitraillette : "Tac tac tac tac !" Et il lui redit : « Alors, tu démarres ? »

Mademoiselle Constance décida d'obtempérer. On ne discute pas avec un homme armé, qui semble si excité qu'il peut tirer un peu partout et qui s'appelle « La Tremblote ». Non, on ne discute pas avec ces gens-là, on fait ce qu'ils vous demandent quand c'est possible. Et faire démarrer sa voiture, cela, elle pouvait. Elle ne lui demanda pas où il voulait aller, il le lui dirait bien. Il suait, gigotait sur le siège et sentait la transpiration et les vêtements sales. Mademoiselle Constance se dit qu'il ne faudrait pas qu'il reste trop souvent dans sa voiture, il n'était pas une compagnie supportable.

- Tu roules tout droit ... au carrefour, à gauche ... et la deuxième à droite, vers l'autoroute. Et plus vite que ça ! »

Non, Mademoiselle Constance n'irait pas plus vite. La vitesse était limitée à 50, elle roulerait à 45/48, elle se gardait toujours une petite marge au cas où il lui faudrait dépasser. Ce Monsieur Emile n'allait pas lui apprendre à conduire, tout de même ! En sortant de la ville, elle accéléra, limite 90, je roule à 80. Comme j'ai l'habitude. Il n'a pas l'air content, me dit d'aller plus vite ? Non, je n'ai pas l'habitude, et ce n'est pas prudent. Et je ne tiens pas à attraper une contravention. Non, je ne dépasserai pas les limites.

Elle se dit que rouler trop vite pourrait être un bon moyen de faire venir les gendarmes, comme cela, ils verraient que Mademoiselle Constance ne se mettait en infraction que contrainte et forcée. Mais il y avait des risques d'accident. Non, elle ne le ferait pas.

Au bout de la route, à l'intersection, elle aperçut des gendarmes. Et Monsieur

Emile baissa son arme, la cachant sous sa veste, en lui disant :

- Un geste, une grimace, ou n'importe quoi, je tire. Tu as bien compris, la vieille ? »

Encore ! Décidément, il était vraiment trop impoli. Et il sentait de plus en plus mauvais. Il fallait qu'il quitte la voiture tout de suite ...

Il y avait des travaux à droite, un tas de sable. Très bien. Elle accéléra, Monsieur Emile parut se détendre et s'appuya sur le dossier, relevant la tête. Mais elle vira à droite, et envoya sa voiture dans le tas de sable. Le choc ne fut pas trop violent, mais le Monsieur Emile, qui n'avait pas accroché sa ceinture – il avait juste fait semblant de la mettre en voyant les gendarmes – donna de la tête dans le pare-brise. Mademoiselle Constance ressentit un choc, mais put couper le contact, déboucler sa ceinture et sortir en courant de sa voiture, en direction des gendarmes qui arrivaient, ayant entendu le choc.

On arrêta le Monsieur, on lui mit des menottes, c'était bien fait. Mais

Mademoiselle Constance se sentit partir : sa tête tournait, et l'un des gendarmes appela pour avoir une ambulance. Avant de tourner de l'œil, elle s'inquiéta pour sa voiture. Non, on allait la dégager, on lui ferait savoir.

Le lendemain matin, Mademoiselle Constance sirota le café que venait de lui apporter une gentille aide-soignante. Elle n'avait rien, le coup du lapin, il lui faudrait porter une minerve quelques jours, mais rien d'inquiétant. Elle reçut la visite du capitaine de gendarmerie, et sa chef de service que, scrupuleuse, elle avait fait prévenir, lui avait téléphoné.

Le capitaine la félicita pour son courage, lui dit que ce Monsieur Emile la Tremblote s'était évadé lors d'un transfert, qu'il était recherché et très dangereux, et que grâce à elle ce citoyen peu recommandable allait être mis sous les verrous, elle avait sûrement mérité une médaille ... Sa voiture était en lieu sûr, elle n'avait rien de sérieux, un peu cabossée et du sable partout seulement.

Mademoiselle Constance était bien contente que ce Monsieur si mal élevé ait pu être remis en prison, cela valait mieux pour tout le monde. L'aide-soignante lui avait aussi apporté le *Figaro* et elle était contente de trouver de nouveaux mots croisés comme elle les aimait. Mais avant, elle avait voulu terminer le test « *Avez-vous l'esprit d'à-propos ?* » et avait rouvert la revue qui était restée dans son sac. Ayant terminé, elle fit le compte des carrés, des ronds et des étoiles, pour voir la réponse. Elle était ainsi libellée :

« Dans la vie courante, vous savez vous adapter aux circonstances. Mais vous êtes quelqu'un de très nerveux, vous pouvez manquer d'esprit d'à-propos sous le coup de l'affolement. Timide et influençable, vous êtes un peu une « petite nature ». Mais vous êtes quelqu'un de très gentil ».

Mademoiselle Constance referma la revue avant de s'attaquer à sa nouvelle grille de mots croisés. Ces gens qui fabriquaient les jeux, les puzzles, les grilles de mots croisés, les sudokus et les tests étaient des gens très calés. Oui, elle était très gentille et s'affolait si elle commettait une erreur dans sa comptabilité, craignant plus que tout les reproches de sa direction. Elle se souvint que, avant-hier, elle avait laissé son ordinateur allumé. N'avait-elle pas oublié de terminer quelque chose ? Cela lui causa du souci pendant quelques instants, mais ici, à l'hôpital, elle ne pouvait rien faire. Mais tiens, oui, si elle avait du mal à dormir, elle devrait se faire une infusion de tilleul. Cela allait mieux à son genre « petite nature » ... Ah, avait-elle pensé à fermer le gaz ?

Elle fut tirée de ses réflexions par un coup de téléphone d'une collègue, qui lui demanda si elle avait besoin de quelque chose. Non, pas de problème. Et qu'est-ce qui t'es arrivé, exactement ? Oh, rien. Un malpoli que les gendarmes ont arrêté. Non, je vais bien. Et au bureau ? Rien de neuf. Non, moi non plus, rien de neuf.

Les gammes

« *Do-ré-mi ... do-ré-mi-faaaa ... do-ré-mi-fwahahah* » On fait ses gammes. Plutôt, on essaie de les faire. « *Mi !* ». Et on s'énerve. Et on jure. Et on recommence, et on frappe plusieurs touches à la fois. Et on m'insulte. Couic !

Moi, le piano, je me moque des touches que l'on frappe. Peu importe que les accords soient justes ou non, peu importe que la mélodie veuille dire quelque chose ou qu'il ne s'agisse que de suites de notes sans queue ni tête, je m'en moque ! L'important est de ne pas s'énerver, ne pas taper sur mon clavier avec le poing, ne pas gueuler, jurer, parce que l'on n'arrive pas à faire ce que l'on veut.

Et clac ! On referme le couvercle brutalement. Mes charnières ! Enfin, vous me soignez, vous m'époussetez, vous cirez ma caisse, vous prenez garde à ce que rien ne vienne me heurter, pour garder mon beau vernis intact, alors pourquoi vous énervez-vous en esquintant mes touches ? Et qu'est-ce que je vous ai fait pour que vous me criiez dessus ? Je ne suis qu'on objet, un beau meuble, avec des cordes, un mécanisme compliqué, que l'on a mis du temps à régler, alors faites ce que vous voulez, jouez, ne jouez pas, mais ne m'accusez pas. Je n'ai pas d'état d'âme, je ne suis qu'un piano. Un instrument de musique, qui a besoin de quelqu'un pour parler.

L'autre jour, des gens sont venus, avec un petit enfant. Il s'est approché de moi, a ouvert mon couvercle, et a délicatement posé un doigt sur une touche. Puis sur une autre. Puis il s'est assis, a posé ses mains sur le clavier, cela a fait un gros accord bizarre, mais il a aussitôt retiré ses mains, et a continué en posant les doigts au hasard, note après note, doucement.

Les gens se sont précipités, en lui disant de « ne pas toucher ». Il ne risquait pas de m'abîmer, avec ses petites mains. Et peu importe que ce qu'il jouait n'avait aucune prétention mélodique, il me faisait parler.

A leur décharge, les gens se souvenaient de cet affreux gamin, à peu près du même âge, qui a commencé à taper du poing, à me flanquer des gifles, en braillant et en tapant du pied. Il disait vouloir imiter un chanteur « de la télévision ». On l'a immédiatement éloigné de moi, là j'avais respiré. La télévision étant dans la même pièce que moi, j'avais eu l'occasion de voir des chanteurs au piano, ils savaient ce qu'ils jouaient, au moins. J'enviais mes collègues, qui avaient des partenaires humains qui faisaient attention à leur instrument.

« *Do-ré-mi-fa-sol-la-si-do* ». Tiens ? On a fait des progrès ? Oui, apparemment, mon humain fait attention quand il y a du public. Et il s'excuse *« Je débute »*. Pas besoin de le dire, jouez, vos amis sont assez polis pour ne pas vous dire d'arrêter.

Une autre personne arrive, s'assied, et se met à jouer. Pas très bien, mais elle joue. Et elle sait se servir des pédales. On se sent mieux.

Au début, je suis arrivé dans un grand camion, dans un dépôt de magasin où nous étions beaucoup de pianos. Des hommes nous ont embarqués dans un autre camion, vers un magasin en ville, c'était amusant, il y avait beaucoup de monde, un homme jouait quelques notes de temps en temps devant ce qu'il appelait des « clients ». Ces « clients » jouaient quelquefois, mais ceux qui jouaient bien allaient vers les grands, ceux de mes collègues qui nous snobaient, avec leur queue déployée comme la roue d'un paon, soulevée pour laisser éclater un son fabuleux. Nous, nous étions des petits, il y avait des enfants qui essayaient de jouer, ou des adultes qui tripotaient quelques touches. Un jour, un homme s'est assis et s'est mis à jouer, pas trop mal, mais il chantait, plutôt il gueulait en même temps. Finalement, il ne m'a pas choisi. Heureusement, il avait de grosses pognes pas délicates, mon mécanisme qui n'était pas de haut de gamme n'aurait pas supporté. Et finalement il est allé vers les grands paons, il nous a assourdis pendant un moment, puis, ouf, il a eu l'air d'avoir fait son choix, c'était bien fait pour un de ces prétentieux, il aurait à supporter ce braillard.

Et finalement j'ai été choisi par cet humain, « qui débute ». Pas grave, il pose les doigts sur les touches, pas très adroit, mais il fait attention. Hélas, il n'est pas patient et quand il n'arrive pas à la fin de son petit morceau il me crie dessus. Cela, je n'aime pas. Enfin, cela va mieux quand il a du monde, il ne s'énerve pas, et quand la dame vient et joue un peu, je me sens mieux.

Mais il me prend de ces moments de tristesse, quelquefois mon partenaire humain me laisse fermé pendant plusieurs jours, il rentre tard, il est fatigué, il ne fait pas attention à moi, il regarde la télévision et s'endort devant. Evidemment, quand il m'ouvre, il ne sait plus jouer. « *Do-ré-mi-fawawawahhhh ....* » Bling ! Couic ! Et il s'énerve. Et il referme le clavier et rallume la télévision. Et il m'oublie. Et je m'ennuie.

Et alors je repense au temps où j'ai pris forme dans l'usine, des gens s'occupaient de moi, serraient une vis, réglaient les touches, et on m'a accordé, plusieurs fois, et on jouait, et on reprenait l'accord de quelques cordes. Et on entendait jouer d'autres collègues, il y avait du monde humain, et d'autres pianos. Et dans le magasin, tous les matins des gens arrivaient, les vendeurs jouaient un peu, des clients tripotaient un clavier, un autre, évidemment il y avait de bons musiciens et de moins bons, et des idiots comme le braillard, mais je ne m'ennuyais pas.

Les années passent, mon partenaire humain ne s'occupe plus de moi. Et il est venu des gens qui ont enlevé les meubles, et moi avec. Et nous nous sommes tous retrouvés dans une autre maison, plus grande. Et on m'a collé dans un coin, et on m'a épousseté, on a posé des statuettes et un bouquet de fleurs, et on m'a laissé.

Un jour, il y a eu une personne qui s'est approchée de moi, a soulevé mon couvercle et a appuyé sur quelques touches. J'ai eu mal ... cela grinçait, des cordes étaient détendues, des touches restaient enfoncées. Il a dit que je devais être accordé, réparé, que c'était très mal de laisser un piano se dégrader. Il avait l'air de savoir jouer, mais n'a pas insisté. J'allais sans doute mourir ... ou finir en caisse à fleurs ou en bar, je l'avais entendu dire ... Je ne le souhaitais pas, je suis encore un piano, je suis fait pour que l'on me fasse parler, bien ou mal peu importe, mais que l'on me respecte ...

Et il y a eu un enfant. Il criait, pleurait, on s'occupait de lui, petit a petit il a moins crié, il a marché, il a parlé. Et un jour la maman a dit qu'il serait bien de lui faire apprendre le piano, puisqu'on en avait un. Quand il serait plus grand, évidemment. Oui, mais il fallait le faire réparer. Et la maman a dit qu'elle voulait apprendre elle aussi, parce qu'elle pourrait apprendre au petit, ou l'aider.

On est venu, on m'a ouvert, on a dévissé plein de choses, on a changé des cordes, et la dame qui s'occupait de moi a dit que j'étais un bon piano d'étude, que l'on avait bien fait de me réparer, et enfin elle s'est mise à jouer, je renaissais, et mon partenaire humain était très surpris, il pensait que j'étais définitivement usé. Mais non, je pouvais continuer à vivre. Et la dame a donné à la maman une adresse de professeur. Ouf, elle allait apprendre ! Le monsieur, lui, avait essayé d'apprendre tout seul, et il savait à peine lire la musique.

La jeune femme s'est un peu escrimé, n'a pas beaucoup travaillé, mais elle est parvenue à jouer un peu, des choses faciles, et les amis qui venaient, et qui n'y connaissaient rien, s'extasiaient devant ses talents. Si j'avais pu rigoler ... mais j'étais assez content, et j'attendais avec impatience que le petit garçon commence.

Il n'a pas voulu apprendre le piano, il a voulu une guitare. Au bout de quelques mois, il s'est aperçu qu'il fallait toujours apprendre quelque chose, il a laissé la guitare dans un coin. Je la plaignais, elle prenait la poussière, pire que moi qui étais un meuble que l'on nettoyait et cirait régulièrement.

L'enfant a grandi, il a eu des copines, certaines jouaient un peu, la mère continuait de temps en temps à jouer, elle avait pris goût à une petite mélodie simplette, la seule qu'elle savait par cœur et au moins je n'étais pas délaissé.

Et puis tout s'est arrêté, les parents sont partis, à la campagne disaient-ils, et le fils a gardé l'appartement. Je voyais avec angoisse partir les meubles, je craignais de subir le même sort. Mais non, je restais. C'est beau, un piano, ça décore, et ça fait sérieux devant les amis, on a un piano, on a appris, on a de la culture. Ca n'empêchait pas les amis de laisser leurs gamins mal élevés taper sur mon clavier, me flanquer des coups de pied, singer leur chanteur préféré – ce n'était plus le même qu'autrefois. De temps en temps, quelqu'un d'un peu respectueux arrivait, et jouait.

Un jour, mon partenaire humain est parti, assez longtemps. Il était paraît-il gravement malade. Une femme venait faire le ménage, elle n'oubliait pas de m'épousseter, mais je m'ennuyais.

Mon humain est revenu, assez mal en point, il restait presque tout le temps allongé. Et la dame qui faisait le ménage est venue s'occuper de lui. De temps en temps, elle amenait son petit garçon, qui restait dans le salon à regarder la télévision pendant qu'elle faisait manger le monsieur, qui n'arrivait plus à rien faire seul.

Un jour, le petit garçon est venu près de moi, a soulevé le clavier et a posé doucement un doigt sur une touche, puis s'est assis. Sa mère est venue lui dire de ne pas faire trop de bruit, mais apparemment le monsieur malade lui a dit de le laisser faire. Et l'enfant venait régulièrement avec sa mère, et il jouait. Il avait trouvé une partition, de celles que la mère du monsieur utilisait, et apprenait à lire les notes, soigneusement.

Du temps a passé. Je me suis retrouvé dans un appartement assez laid, un HLM, disaient-ils, celui de la femme de ménage qui était devenue aide-soignante à l'hôpital, avec son fils qui apprenait à jouer. On m'avait réparé, accordé, tant bien que mal, mais le garçon progressait. Il est devenu professeur, il a pris un appartement, et il m'a emporté avec lui.

Dans le salon où je vis à présent, je vis avec un grand piano, *« un paon »*, comme je les appelais autrefois, mon partenaire ne joue que sur lui, mais il m'entretient, joue quelques notes de temps en temps, me touche, m'astique ... *« Oh, il est fini »*, dit-il à ses amis. *« Mais c'est mon premier piano, un malade que ma mère a soigné le lui a donné pour moi, grâce à lui je suis devenu musicien. Je le garde, évidemment »*.

Je ne joue plus, je regarde et j'écoute le grand paon, je regarde mon partenaire en jouer, cela m'ennuie de ne plus parler ... Mais je ne le peux plus ...

Vive les vacances ...

Christine, neuf ans, s'apprêtait à partir en vacances. Tout le monde lui disait « Tu es contente ? Enfin les vacances, pas d'école, tu vas à la mer, tu en as de la chance ! » Enfin, tout le monde, cela voulait dire les parents, les voisins. Les copines, elles, n'étaient pas toutes contentes de supporter leurs parents toute la journée et de devoir se faire d'autres connaissances. Enfin, ce pouvait être bien, mais pas toujours, on est habitué à ses amis. Surtout Christine.

Christine aimait l'école, elle avait beaucoup de copines, elle travaillait bien, pas vraiment pour avoir de bonnes notes, mais parce qu'elle aimait apprendre. Le français, l'histoire, les sciences, même le calcul, cela l'intéressait et elle rêvait d'être un grand professeur, un grand chercheur, elle avait hâte d'apprendre l'anglais pour aller en Amérique, ce pays qui avait aidé à gagner la guerre, et d'où venaient tous les films que l'on allait voir au cinéma du quartier, Peter Pan, La Belle et le Clochard, qui venait de sortir et que Christine avait vu avec Papa, Maman et sa copine Aline en récompense de ses bonnes notes ... Nous étions en 1955.

Mais il fallait partir en vacances, il fallait « se reposer ». Bon, quelques jours au bord de la mer, ce n'était pas désagréable, on voyait d'autres horizons, on aimait nager, faire du bateau. Mais deux mois dans un terrain de camping ... Ce n'était pas tant la tente de camping et la cuisine rapide, cela c'était plutôt amusant, mais c'était cette immobilité, en tête-à-tête avec Maman qui n'appréciait pas elle non plus, mais disait qu'il fallait « que la petite ait des vacances ». Christine avait bien essayé de lui expliquer que c'était trop long, Maman lui répondait « Papa l'a décidé, tu ne veux pas faire de peine à Papa ? » Evidemment non ...

Le premier mois, Papa restait. Le deuxième mois, il repartait, ses congés terminés, et revenait à la fin pour ramener Maman et Christine, et aider à replier la tente qui attendrait dans le placard jusqu'à l'année prochaine.

De temps en temps, Christine se faisait des copines. Les garçons, non, ils étaient souvent brutaux, pas gentils, faisaient des plaisanteries stupides et sentaient mauvais. Mais les copines ne plaisaient pas à Maman, qui disait qu'elles étaient « vulgaires ». Et Christine n'avait pas le droit de se promener trop loin, ne devait pas aller à la plage si Maman n'était pas avec elle, et elle devait rester le soir dans la tente, le soir, on dort, les vacances c'est fait pour se reposer.

Papa était féru de nature, de randonnées, de camping, il serait volontiers parti à l'aventure sac au dos, dans un pays lointain. Mais Maman n'aimait que la ville. « Et mes clientes ? » Disait-elle – elle était couturière - quand

Papa évoquait la possibilité d'habiter à la campagne. Christine n'avait qu'une crainte, que l'on parte s'installer dans un coin perdu où elle n'aurait pas de copines, pas de bibliothèque, pas de beaux monuments. Mais avec Maman, il n'y avait pas de risque, c'était la grande ville ou rien. Evidemment, Papa était sympa, rigolo, c'était son meilleur copain, mais il parlait de sport, de nature ... et Christine, tout comme Maman, n'était jamais arrivée à monter à vélo, détestait grimper des pentes, aimait nager mais quand l'eau était bien propre, les algues la révulsaient, elle détestait ces accessoires que l'on mettait pour nager sous l'eau et était dégoûtée par les poissons morts tout gluants, les vers qui servaient d'appât pour les pêcheurs, et la seule idée de manger des coquillages lui levait le coeur.

Quand elle était plus petite, on l'envoyait en vacances chez Mamie. C'était à la campagne, pas très loin, un copain de Papa qui conduisait un camion l'amenait, et elle restait dans la petite maison de sa Mamie à côté d'une ferme où il y avait plein d'animaux. Là, c'était amusant de voir traire les vaches, de voir éclore les petits poussins, de cueillir des légumes, des fruits, les fermiers avaient une fille de son âge avec qui elle s'entendait bien et qui lui expliquait. Et à la fin du mois Papa et Maman venaient passer quelques jours et on rentrait à la ville.

Et puis Papa avait eu envie de revivre ses jeunes années, décidant que Christine était assez grande pour voyager. Voyager ! Christine avait pensé que l'on allait prendre le train, le bateau, aller dans une ville lointaine, peut-être en Amérique ... Et puis on s'était retrouvé dans un camping, au bord de la mer, en Normandie. Il pleuvait. Maman avait fait la tête. Et Papa avait expliqué à Christine qu'il ne fallait pas aller dans certains endroits, sur la plage, les blockhaus où l'on avait envie de se cacher pouvaient recéler des mines, des armes, des explosifs, de temps en temps on entendait une grosse explosion quand des militaires faisaient sauter un de ces bâtiments qui avaient vu le débarquement du 6 juin 1944. Christine s'était intéressée à l'histoire, avait demandé des précisions à un officier, avait-il vécu ce moment ? Comment cela marchait-il, ces armes ? L'officier l'avait regardée, cette gamine de huit ans qui s'intéressait aux armes, à la technique, et lui avait sorti « Mais enfin, ce n'est pas pour les filles, tout ça ! Va retrouver tes poupées ! » Pfff...

L'année précédente, elle s'était trouvé des copines qui aimaient la lecture et les jeux de société, tout comme elle. Elles avaient commencé à jouer aux cartes, aux dames, aux dominos, elles mobilisaient un coin du camping derrière un buisson qui leur donnait de l'ombre et étendaient une serviette par terre, elles se trouvaient bien là. Mais les parents avaient réagi : « Les enfants, vous êtes en vacances, il faut aller vous promener, profitez de ce qu'il fait beau pour prendre le soleil, allez nager, faire du sport ... » Cela ne leur avait pas plu, elles avaient fait semblant de partir se promener, mais elles emportaient les jeux dans un sac et se cachaient dans un coin près de la plage, à l'ombre d'un blockhaus. Et encore les parents ! Et un grand frère qui se moquait de sa sœur qui était « trop grosse parce qu'elle ne se remuait pas ». Et la mère de l'une d'elles qui était venue trouver Maman en lui sortant qu'elle ne s'occupait pas bien de sa fille, qu'elle devait l'obliger à bouger, à faire du sport. Maman lui avait rétorqué qu'elle élevait sa fille comme elle voulait, l'avait envoyée promener, et interdit à Christine de revoir sa copine, ronchonnant « De quoi se mêle-t-elle, celle-là ? Ce n'est pas possible de vivre avec des gens aussi vulgaires ». En plus, il s'était mis à pleuvoir, on était en Normandie, tout de même, et Christine était arrivée à jouer un peu avec une autre petite fille dans la tente. Mais la gamine avait dit que « le monsieur avec ma mère, ce n'est pas mon père, c'est un ami », et Maman avait dit à la petite de s'en aller, expliquant ensuite à Christine que « Ce n'était pas des gens convenables ».

Du coup, Christine était restée dans la tente avec Maman tout le reste du séjour à regarder tomber la pluie. Au moins avait-elle pu écrire des lettres interminables à ses camarades d'école, en soignant le style. Mais il ne fallait pas en mettre beaucoup de pages, cela coûtait cher en timbres quand les lettres étaient trop épaisses.

Et à cause de tout ça, Christine appréhendait de partir cette année. Dans un autre camping, toujours en Normandie. On était partis. Un taxi jusqu'à la gare, le train, on sortait les sandwiches, même si le trajet ne durait que trois heures. Après, à l'arrivée, on récupérait la tente et tout le matériel envoyé trois jours avant. Ah, non, pas cette fois, Papa si soigneux d'habitude avait oublié d'envoyer le matériel, après tout, il allait suivre par le même train ... Eh bien non, à l'arrivée, pas de tente, pas de matériel, juste la valise avec les vêtements que l'on emportait avec soi. Cela mettrait deux ou trois jours, au début de juillet, c'étaient les grands départs ...

Christine s'était dit que l'on allait sans doute coucher dans une ferme, dans une grange, ou à la belle étoile. Mais Papa et Maman s'étaient récriés : « On ne va pas revivre l'exode, la guerre ! » Ah, oui ... Mais alors ? A qui demander l'hospitalité ?

On avait marché, marché, dans une ville où Christine avait déjà repéré un musée et un endroit où il y avait des jeux pour enfants, mais les parents cherchaient un hôtel pas trop cher ... A l'heure du dîner, ils avaient enfin trouvé une chambre, la patronne avait gentiment fait installer un petit lit pour Christine, ouf ... On était serrés, mais dans une maison, pas embêtés par des voisins bruyants. Enfin, moins qu'au camping, la chambre donnait sur une grande avenue très fréquentée.

Pendant trois jours, Christine était restée dans la chambre, elle avait eu le temps d'apprendre par cœur son journal de Mickey, plus tout ce qu'elle avait pu trouver à lire dans le hall de l'hôtel, on ne sortait que pour aller manger, des sandwiches, on pique-niquait dans un parc. Le musée, non, l'entrée coûtait trop cher, les balançoires, bon, d'accord, mais pas trop longtemps. Le manège ? Mais tu es trop grande, voyons !

Enfin, le matériel était arrivé, on avait planté la tente. Mais pas question de payer l'adhésion de Christine au club Mickey, et on mangeait plus souvent froid pour économiser la bouteille de butane du camping-gaz. Autour d'eux, il y avait des gens avec des enfants, mais il n'y avait que des bébés, ou des grands, des filles qui riaient bêtement quand un garçon leur parlait, des gars qui les sifflaient, qui jouaient aux durs, se prenaient pour Tarzan en faisant des acrobaties. Et la plage ? Des gendarmes étaient arrivés, pour avertir les gens du camping qu'ils devaient faire sauter deux gros blockhaus les jours prochains, donc l'accès à la plage était interdit jusqu'à nouvel ordre. On pouvait aller un peu plus loin, il y avait un car qui passait assez souvent. Oui, mais, l'hôtel avait coûté cher, on ne pouvait pas prendre le car en plus, on irait à pieds ... Christine n'en pouvait plus, elle avait mal aux pieds dans ses sandales pas faites pour la marche. Papa s'était étalé et tordu la cheville, Maman le soignait et on restait au camping.

Le pied de Papa n'allait pas bien, il fallait aller voir un médecin, encore une dépense. Bon, tant pis pour cette année, on rentrerait à Paris à la fin de la semaine. Maman alla changer les billets, et on rentra sans réservation, assis sur les bagages dans le couloir, il y avait plein de monde, des petits enfants qui pleuraient, des militaires en permission qui chantaient, des gens qui parlaient fort, d'autres qui avaient des malaises ... Christine fut contente quand on aperçut enfin la gare.

Papa resta à la maison, le pied bandé, Maman reprenait sa couture et Christine essayait de l'aider un peu, ou elle jouait aux dames avec Papa, mais la plupart du temps elle filait à la Bibliothèque Municipale. Enfin, je peux lire, se disait-elle. Mais ses parents lui faisaient remarquer : « Tu es en vacances, va donc au square, tu as bien quelques petites copines, va bouger, courir ». Ah bon. En vacances, il faut que je bouge, que je sorte, je n'ai plus le droit de lire... Elle sortait avec un sac contenant son ballon, mais aussi un livre. Et elle s'installait dans le coin des enfants, il y avait des petits qui faisaient des châteaux de sable, qui couraient, elle était tranquille pour lire et il faisait beau.

Ce jour-là, elle était installée sur son banc depuis à peine une demi-heure que Martine était arrivée et s'était assise à côté d'elle. « Tu lis ? » Evidemment, elle n'était pas en train de faire des châteaux de sable. « Tu lis quoi ? Les ... Trois ... Mous... que ... taires ... C'est dur ? »

Il y avait plus de trente filles dans la classe, plus celles qu'elle connaissait dans d'autres, et il avait fallu qu'elle tombe sur Martine. Martine, la grande duduche, la dernière de la classe, qui avait le don de s'amener quand on discutait et posait des questions complètement idiotes. C'est dur ? Oui, c'est dur. Dur à lire, oui, surtout pour une fille qui avait la flemme d'ouvrir son cahier et pleurnichait toujours « Faut écrire ? » Quand la maîtresse disait que l'on allait faire une dictée. Pour se débarrasser de cette sangsue, Christine se mit à lui raconter le livre. En émaillant ses propos de questions sur l'histoire, se moquant de Martine qui n'y comprenait rien. Enfin, pas trop méchamment, ce n'était pas sa faute si elle était bête, et puis elle avait un grand frère assez bagarreur et costaud, on ne sait jamais.

    Christine rentra à la maison, se disant que vraiment, elle et sa famille n'avaient pas de chance cette année. En entrant dans l'immeuble, elle croisa la concierge : « Alors, comment va la famille Pas d'Bol ? » Elle regarda la dame qui rigolait : « T'en fais pas, c'est pour rire, c'est mon mari qui vous a surnommés comme ça quand je lui ai raconté, vous avez accumulé toutes les poisses possibles cette année ! »

    Christine ne put faire autrement que d'en convenir ...

Meuh !

Je suis une vache. Numéro 6854. Oui, on a un numéro à l'oreille. Et on rumine.

Nous sommes dans un pré, notre pré. Nous sommes là, nous regardons ... il n'y a rien à voir. Par là, la route. Par là, la ferme. Par là, un chemin. Et il ne se passe rien.

De temps en temps, une voiture arrive. Le matin, c'est une voiture jaune. Il n'entre pas dans la maison, il dépose des choses à la porte. Toujours la même voiture. Toujours le même homme. Toujours habillé de la même façon.

Juste après, la femme sort sa voiture, elle revient avec des paquets. Ensuite le tracteur sort. Et il rentre. Et toujours nous ruminons. Et on nous trait. Et le lendemain c'est la même chose.

De temps en temps, un camion vient apporter un paquet, un meuble, un appareil. De temps en temps, une voiture arrive avec des gens qui n'habitent pas là. Il y a des enfants, on les emmène nous voir. Ce sont toujours les mêmes personnes, ils arrivent, ils repartent. Et il ne se passe rien.

Un jour, tout de même, il y a eu une autre voiture. Et des gens qui se sont promenés avec le fermier. Nous nous sommes approchés, du nouveau, enfin. Et le monsieur parlait, en montrant le bouquet d'arbres, plus loin, et le petit chemin. « Il y avait une voie de chemin de fer, il passait ... quatre trains par jour, je crois ... sauf le dimanche ... et le train s'arrêtait là-bas, près de la cabane à droite du gros arbre. Oui, c'était un petit tortillard, il s'arrêtait quand on le lui demandait ».

- Ca devait distraire les vaches ! » Avait ajouté le monsieur.

Tiens ? Comment peut-il savoir ça ? Un train ... qu'est-ce que c'est ?

Un jour, il y a eu de nouvelles venues, d'autres vaches, de couleurs différentes. Et elles nous ont dit qu'elles venaient d'un pré d'où elles voyaient passer un train. Des wagons, on appelle ça. Un peu comme des gros camions attachés ensembles, qui passent très vite. Qu'est-ce qu'il y avait dedans ? Alors là ... on n'a pas le temps de le voir. Des gens parlent de « prendre le train », mais ils ne peuvent pas le prendre dans leurs mains, peut-être qu'ils montent dedans ? Mais alors à quoi servent les voitures ?

Et ces vaches, elles étaient venues dans un grand camion, elles étaient plutôt serrées, ce n'était pas drôle. Une ou deux pouvaient voir dehors, elles étaient sur une route où passaient plein de voitures. Vite, très vite. Et des camions. Et plus loin, il y avait eu un train. Qui était passé vite, très vite. Et puis elles étaient arrivées ici. Ouf. Un pré, de l'herbe, et on rumine.

On rumine. Mais on s'ennuie. Celles qui étaient ici, à notre place, autrefois, elles voyaient passer le train, celui qui allait lentement, qui s'arrêtait, elles devaient voir des gens. Et les gens, ils ne marchent pas trop vite. Mais pourquoi n'y a-t-il plus de train ?

L'indifférence

Elle se réveille, la bouche pâteuse, se traîne jusqu'au petit coin et se recouche. Ou plutôt, elle s'enterre dans un amoncellement de draps, couvertures, vêtements, parsemés de cendres de cigarettes. Françoise s'est encore couchée tard, et avec qui ? Tiens, qu'est-ce que c'est que ce tas ? Elle tend la main, tâte la bosse à côté d'elle. Ah, non, c'est le couvre-lit. Alors, il est parti. Oui, il a pris son imper, ses godasses ... Qu'est-ce qu'on a fait ? Je ne sais plus. Bon, dormons ...

Il y a un moment où on ne peut plus dormir. Tiens, quelle heure est-il ? Oh, et puis quelle importance ? Je n'ai rien à faire.

Elle tire le drap, les couvertures, soulève un bout de tapis et aperçoit son sac, par terre. Bon, j'ai toujours mon portefeuille et mon briquet. L'autre a oublié ses clopes tant mieux pour moi je n'ai pas un rond.

L'odeur du tabac recouvre celle de la nuit, du renfermé de la pièce dont la fenêtre ne se souvient plus quand elle a été ouverte pour la dernière fois. Un peu plus loin dans le lavabo, plusieurs tasses et assiettes, elle n'a pas lavé, elle ne lavera pas. On peut toujours trouver un verre ... mais oui, mais comment le remplir quand le lavabo est plein ? Bof je n'ai pas soif, laissons. Et puis je ne me lèverai pas. Pour quoi faire ?

Le boulot ... c'est vrai, j'en ai un, mais quel jour sommes-nous ? Je ne sais plus. Je ne vais pas sortir et demander à un passant quel jour on est, la dernière fois que je l'ai fait il allait appeler un agent ... Ils ne dorment jamais longtemps, les gens, alors, ils se réveillent à l'heure ? Mais pourquoi est-ce que je ne me réveille jamais quand je dois ? Parce que je ne veux pas me réveiller, pas me lever, parce que je n'ai rien à faire. De toute façon, si je vais au boulot, je suis en retard. Ou en avance pour demain. Et si on est dimanche, c'est fermé et j'aurais marché pour rien.

Mais où étais-je hier soir ? Et comment il s'appelle, l'autre ? Ah, oui, je vois. Bof, rien d'intéressant, d'ailleurs est-ce que je le reconnaîtrai si je le croise ? Et peut-être ne me reconnaîtra-t-il pas ... et peut-être est-ce qu'il ne sait pas quoi faire lui non plus. Je ne l'aiderais pas, oublions-le. A part son paquet de clopes, et même une boite d'allumettes, je n'ai pas de souvenir de lui, mais j'ai tout de même gagné quelque chose, ça peut servir les allumettes ... non, ne mettons pas le feu, encore que ce soit joli, des flammes ...

Tiens, du bruit ... c'est dehors, des cloches ... alors c'est midi ... ou c'est un enterrement à l'église pas loin ... je n'ai pas compté, et je m'en fous. Des bruits de voitures, ça klaxonne ... Ils sont agaçants à déranger les gens qui dorment ... Pff, je n'ai plus envie de dormir, alors je bouge, non, je ne veux plus dormir mais je ne veux pas me lever, la barbe, tiens, c'est quoi, ça ? Ah, c'est mon pull ...

Je pense ... à quoi ? A rien. Mais ça fatigue ... tiens, mon stylo, qu'est-ce qu'il fait sous l'oreiller ... j'ai envie de faire des taches d'encre sur les draps mais je n'ai pas de fric à perdre à la laverie. Je peux taguer les murs de la chambre mais la proprio est une vache ... je peux foutre le feu ... non, je me brûlerai ... casser les vitres ... je risque de me couper ... laisser couler le robinet ... non, l'imbécile du dessous monterait, enfoncerait la porte et le fermerait. Et je serais obligée d'éponger.

Et puis l'eau ... j'ai plutôt soif, mais pas de cette eau qui sent le chlore, il n'y a pas un fond de bouteille par là ... pas l'impression, on a bu dehors hier ... hier, ou était-ce avant-hier ? Ou ce matin ... tiens, ce mégot ... drôle d'odeur, ah oui, c'est du shit, il ne faut pas ouvrir la fenêtre tout le monde sentira que j'ai touché à ça. Eh bien et puis quoi ? Dans la maison ils en ont tous, ça sent le shit, l'encens et les parfums forts. Tiens, je n'ai plus d'encens, il faudra que j'en demande à celle du bout du couloir à gauche, elle en a toujours.

Françoise finit pas bouger, pose ses pieds par terre et retourne aux toilettes. Elle fume, elle regarde par la fenêtre, il fait jour, il fait même beau mais les vitres sont grisâtres et dans sa chambre il fait toujours le même temps, nuageux, avec une odeur de renfermé. Elle tourne en rond, ne fait rien.

Du bruit dans le couloir, on monte l'escalier, des voix, du bruit, beaucoup de bruit ... Des voix d'hommes et de femmes, des cris ... Un gros bruit, on a posé à terre quelque chose de lourd ... tiens, on a frappé ? Ou est-ce qu'on s'est seulement cogné ? Pas envie de bouger, je reste sur le lit. On ne frappe plus ? Alors c'était accidentel.

Du bruit dehors, on parle « Vous l'avez vu ? » « De dos, il venait de par ici ... mais quelle porte ? » « Mmmm ... »

Les voix s'estompent. Puis de nouveau des pas « Police ! Ouvrez ! » Non, ce n'est pas chez Françoise. On parle. On se déplace. Françoise finit par regarder par l'œilleton ... on apporte un brancard. Du monde. « Police ! Ouvrez ! » Cette fois c'est chez elle. Elle ouvre, elle est en peignoir. « Je viens de rentrer, je travaille de nuit » dit-elle.

Tiens, pourquoi dit-elle cela ? Parce qu'elle ne se souvient pas. Parce qu'elle ne sait rien. Parce qu'elle ne connaît personne et ne s'intéresse à rien. Parce qu'elle n'a envie de rien faire. Parce qu'elle ne sait pas quoi faire, parce que tout l'ennuie, parce qu'elle ne fera rien …

Après la Révolution

Je m'appelle Frédéric et nous sommes le 1er Juin 1968. Et nous venons de faire la Révolution, et je dois passer mon bac. Et je voudrais revoir Caroline.

Depuis un mois, nous étions des acteurs de l'histoire. Enfin. Nous en avions assez, des parents qui nous racontaient « la guerre », ce n'était pas notre faute et ça ne leur donnait pas le droit de nous traiter en gamins irresponsables. Nous en avions marre du système, qui nous empêchait de choisir notre voie. Dès la sixième, les parents nous collaient en

« classique » ou en « moderne », selon qu'ils avaient décidé que nous serions des littéraires ou des scientifiques, ou même selon leurs idées politiques ou religieuses. Oui, le latin c'est pour les catholiques, on n'est pas des culs-bénis, on est des républicains, tu feras moderne, tu apprendras des langues. Bon. Mais je n'aimais pas vraiment les maths. Et en seconde langue, « tu feras de l'espagnol ». Je voulais faire du russe parce que j'avais lu « Michel Strogoff », et vu le film. Mais là, non : « On n'est pas des communistes ! ». Pourquoi ? Il faut voter rouge pour apprendre le russe ? Bon, alors l'allemand, à prendre ou à laisser. Parce que j'avais vu « Sissi » et que j'étais amoureux de Romy Schneider. Heureusement, ma mère aussi avait aimé le film, et j'avais eu gain de cause.

Au lycée, je n'étais pas un crack, j'étais dans la moyenne, plutôt une bonne moyenne. J'étais arrivé en terminale sans trop d'anicroches, en voyant des copains redoubler, certains étaient laissés en plan, parce qu'ils étaient mauvais en maths ou faisaient des fautes d'orthographe. Ou tout simplement parce qu'on les avait mal orientés. Et qu'il n'y avait personne pour les aider à rattraper, parce que leurs parents comptaient sur « les profs », « l'école », qui devait tout faire.

Les profs ... j'avais beaucoup aimé deux de mes instituteurs, surtout celui de septième qui était un vieux très rigolo, avec lui, même le calcul était sympa. Les autres, un jeune très raide, très « boulot-boulot », d'autres qui ne m'ont pas laissé de souvenirs particuliers. Et puis après il y a eu le lycée, alors là, il y a eu de tout ! Des fachos, des gauchos, des grosses têtes, des nuls, des marrants, des chiants ... Et aussi les surveillants ... alors ceux-là, c'était le pompon ! Ils se fichaient éperdument de nos résultats scolaires, tout ce qui les intéressait c'était de vérifier que nous n'avions pas les cheveux trop longs, il ne fallait pas que l'on ressemble à des filles ou à des gigolos. Et il paraît que chez les filles c'est pire, dixit Claudine, la frangine de Christian, elles doivent porter des jupes même si elles se gèlent le derrière, et on les débarbouille de force si elles se maquillent. Et les résultats scolaires, dans tout ça ? Le petit, en seconde ... ah, il avait des culottes courtes, les cheveux courts, on voyait bien ses oreilles, il avait un cartable bien bourré ... Et alors, il a redoublé quand même. Moi, j'étais premier en français, mais je n'ai quand même pas eu le tableau d'honneur, parce que je chahutais les surveillants, et que j'avais contredit le prof d'histoire. Sans doute que le plus important dans la vie, c'est d'être sage et d'obéir. Et si je ne veux pas obéir à un ordre idiot ? Et si je remarque une erreur dans le bouquin ? Oui, je suis curieux, je cherche, je compare, et on me dit que je ramène ma science ! Apparemment, ce qu'il faut, c'est réciter par cœur ... pour devenir de bons fonctionnaires ...

Et à cause de tout ça, quand à la cité universitaire de Nanterre on a interdit aux garçons d'aller dans les chambres des filles, ça a été le détonateur. On a défilé dans les rues, on a gueulé, on a sifflé les flics, les politiques, tout ... Avec Christian, on est restés au quartier latin, à quatre dans la piaule des frères Fournier, c'était bien marrant. Christian, je ne le reconnaissais plus, il était déchaîné. Il voulait renverser le gouvernement, pour que tout le monde ait sa chance, riche ou pauvre, pour que tout le monde ait le droit d'avoir une vie sexuelle, pour que la pilule soit en vente libre, pour qu'on ait le droit de s'habiller comme on veut, pour supprimer le service militaire, pour ... enfin, tout défaire pour tout reconstruire. Et le soir, on fumait de tout et n'importe quoi - j'avais même été malade - dans la piaule des frères Fournier, en ouvrant des boites de conserve et en chantant « *Blowing in the Wind* »[1] sur le disque de Joan Baez.

Les frères Fournier, il y avait Jean-Paul, l'aîné, qui était en fac de droit, et Pierre, le plus jeune, qui était en première. Pierre était presque aussi excité que Christian, il voulait refaire le monde. Comme nous tous, mais en brûlant tout ce qu'il y avait eu « avant ». Jean-Paul, lui, était plus modéré. Pour lui, il fallait trier, revoir, réformer, mais sans tout casser. Pour lui, tout changer risquait de laisser pas mal de monde en plan. Nous l'écoutions, il était plus vieux, il était en fac, nous encore au lycée. Et il avait une copine, à qui il essayait de téléphoner quand il trouvait une cabine intacte, ses parents l'avaient emmenée avec eux en province dès le début des « événements », comme ils disaient à la radio. Et il

---

[1] Chanson « contestataire » de style folk de Bob Dylan créée en 1963, interprétée entre autres par Joan Baez.

comptait ses pièces, ça coutait cher, le téléphone...

La rue Gay-Lussac n'avait plus ses pavés, il y avait des barricades, on insultait les uniformes en face « CRS ... SS ... » en lançant tout ce qu'on nous mettait dans les mains. Et on se repliait quand montait la fumée des lacrymogènes.

Au bout de quelques jours, Jean-Paul nous parla sérieusement. « A quoi ça va servir, tout ça ? Qui va payer les remises en état ? Les contribuables, bien sûr, donc nos parents. D'accord, Pierrot, on n'avait pas d'autre moyen pour se faire entendre. Mais il y a un moment où ça devient ridicule. Il y a le bac à passer, moi j'ai des examens, je ne tiens pas à refaire une année, vous non plus, pas vrai ? Et si les épreuves ne peuvent se passer normalement, les diplômes ne seront pas valables à l'étranger. Une promotion de sacrifiés » « Mais enfin, il fallait bien ... » « Oui, il fallait se bouger, tu sais bien que j'ai foncé de suite à la manif, mais il faut savoir s'arrêter. Sinon, il va y avoir effusion de sang, et ce n'est pas la guerre que l'on veut ».

Nous écoutions Jean-Paul, mais nous avions envie de prolonger cet état de siège, il y avait dans cette situation quelque chose de ludique, oui, un jeu de rôles, nous étions les acteurs du monde nouveau ...

Et puis j'avais rencontré Caroline. Je la connaissais vaguement, une amie de la sœur de Christian, elle était en première, et comme nous elle en avait assez de cet état de perpétuelle mineure. Pour elle, si les rois régnaient à quatorze ans, il n'y avait pas de raison pour qu'il n'en soit pas de même pour tout le monde. On devait être maître de son destin. Et ce n'était pas la longueur des jupes qui décidait du tableau d'honneur d'une élève, non ? Et elle nous avait raconté qu'une de ses copines, qui avait dans son sac le roman « *Les Amitiés Particulières* [2]» avait écopé de deux heures de colle parce que « C'était une lecture inconvenante », la surveillante n'en démordait pas. La prof de français avait bien tenté d'intervenir – enfin, un

---

[2] « *Les Amitiés Particulières* », roman de Roger Peyrefitte, paru en 1944 chez Vigneau à Marseille, qui traite d'une relation amoureuse entre deux garçons élèves d'un collège religieux. Le livre a obtenu le Prix Renaudot en 1944.

Prix Renaudot de 1944, inconvenant ? – rien à faire, il fallait éduquer les jeunes filles dans l'innocence.

Caroline n'était pas innocente, mais elle avait appris les choses de façon assez désagréable. Une surboum, un garçon sympa, câlin, enfin, bon, elle était sortie avec une copine plus âgée, le gars avait proposé de les raccompagner, mais il n'était pas seul. On les avait fait descendre dans le Bois de Boulogne, et les gars s'étaient occupés de la copine. Caroline, on l'avait laissée, « c'est qu'une gamine ». Elle avait tout vu, avait même essayé d'intervenir, un mec lui avait balancé son poing dans la figure, elle avait encore la cicatrice. Ils étaient partis, elle avait rhabillé sa copine, elles étaient tombées sur un car de police, et les flics les avaient embarquées sans les écouter. Elles étaient mineures, qu'est-ce qu'elles fichaient dehors, au Bois de Boulogne, entre les putes et les travelos ? Porter plainte ? Pourquoi, il a refusé de payer ? On avait appelé les parents, elle avait pris une paire de gifles et la copine, elle ne l'avait jamais revue.

Ca m'avait fait réfléchir. Surtout parce que j'avais flashé sur Caroline, qui ressemblait à Romy Schneider. Bien sûr, avec les copains, on rigolait sur les filles, on se racontait nos aventures en en rajoutant pas mal. Mais le viol, les violences, on n'arrivait pas à comprendre, et les histoires de pilule, de maladies, on n'y connaissait rien. Quand un gars parlait de capotes, on rigolait bêtement, c'était bon pour Papa, ces machins, on « connaissait le truc » pour sauter en marche, et il y avait la pilule, à commander en Angleterre si le pharmacien n'en avait pas. Caroline m'avait éclairé à ce sujet, les toubibs acceptaient de la prescrire aux mères de familles nombreuses, mais regardaient de travers les filles jeunes qui abordaient le sujet et leur sortaient « commencez par maigrir » pour s'en débarrasser. Elle avait pu avoir l'adresse d'une femme médecin, membre du planning familial, militante féministe active, qui lui avait tout expliqué. Elle n'avait pas vraiment d'opinons politiques, et disait bien haut qu' « il y avait des salauds aussi bien à gauche qu'à droite ». Ce genre de propos déplaisait à Christian, mais Jean-Paul acquiesçait, pour lui on ne pouvait toujours relier problème anthropologique et politique, il s'était senti très mal lorsque sa copine était tombée enceinte et il avait tenu à l'accompagner à Amsterdam pour avorter. A l'occasion de ce voyage, il avait pu rencontrer des femmes qui cumulaient la misère des classes sociales pauvres et les problèmes purement féminins, avec en plus pour certaines le poids des traditions familiales si elles étaient originaires d'un autre pays. Pierre était sorti pour vomir quand on lui avait expliqué ce qu'était l'excision, Christian n'avait plus rien dit. Caroline avait écouté Jean-Paul, avait parlé du planning familial, des militantes féministes qu'elle avait rencontrées, et j'avais plus appris en une soirée que dans toutes mes études sur le genre humain. Pour la première fois, j'étais honteux d'être un garçon. Tout en étant heureux, parce que j'aimais.

Et puis, nous avons quitté la rue Gay-Lussac. J'étais rentré chez mes parents, que j'avais pu faire prévenir, Jean-Paul n'ayant pas mobilisé toutes les cabines téléphoniques du centre de Paris. Ma mère m'avait seulement indiqué la salle de bains, c'était vrai que je n'étais pas très net, mon père m'avait demandé si tout ça allait se calmer et conseillé de me remettre à réviser. Et nous avions eu peur pendant une journée : le 29 mai, De Gaulle avait disparu. Avec mes parents, nous étions rivés au poste de radio, les voisins étaient venus, leur transistor n'avait plus de piles. Le lendemain, le grand Charles était revenu d'Allemagne. Et tout le monde avait dit ouf. Et je me suis remis à mes révisions. Mais comment réviser dans ces conditions ? Bon, les épreuves vont certainement être allégées, il y a eu presque un mois de cours en moins.

Je m'endors sur les cours de philo, je me sens idiot de relire les textes anglais parce que je n'arrête pas de fredonner « *Blowing in the wind* ». Il n'y a que l'histoire qui me branche, parce que nous venons de la vivre. Mais maintenant, la fête est finie. Maintenant, 1er juin 1968, j'ai étalé tous mes cours sur mon lit. Il faut que je me souvienne que je dois passer le bac. Mais qu'est-ce que ça m'ennuie !

Eloge du pet

« Au café, de grands politiques,
Parlaient entre eux des affaires publiques ;
Tel à la guerre et tel à paix croyait.
Toutefois chacun convenait
Que la guerre serait certaine
Dès le premier coup de canon.
De la triste réflexion
Les pauvres gens très fort en peine,
Pour mieux penser à cet objet,
Gardaient le plus profond silence.
Un d'eux qui, par ennui, de bien bon cœur dormait,
Se retourne, s'agite, et lance un ferme pet.
Oh ! Parbleu ! De ce coup je déserte la France,

Dit un Milord, qui là pour lors était.
Vous l'avez entendu ? L'hostilité commence » ³

La Marquise respira et rit de bon cœur. Depuis le début de l'après-midi, dans le salon de la Comtesse de V..., elle devait faire d'énormes efforts pour ne pas bâiller, peu intéressée qu'elle était par la politique et les relations entre la France et l'Angleterre. Certes, les anglais avaient vaincu et exilé Napoléon, et avec les autrichiens avaient rendu leur trône aux Bourbons, remettant en place Louis XVIII. Mais, en dehors de ce détail, la marquise n'avait pas vraiment de sympathie pour les anglais, en dehors de la reconnaissance qu'elle avait pour l'hospitalité que lui avait accordée Lord Y..., pendant les douloureux événements qui avaient causé la mort du roi Louis XVI. Chez eux, on mangeait mal, il faisait froid, brumeux, et Lady W..., qu'elle avait rencontrée, était une personne assommante, pour sa pruderie et sa manie du rangement. Aussi trouvait-elle très drôle le fait qu'un pet soit la cause

---

³ « *Eloge du pet, dissertation historique, anatomique et philosophique sur son origine, son antiquité, ses vertus* », par Mercier de Compiègne. Paris, Favre, 1798.

d'un incident diplomatique, elle imaginait Lady W...

Mais elle dut réfréner son hilarité, la Comtesse ayant donné tous les signes d'un agacement profond et portant sur son visage la moue pincée d'une personne n'appréciant pas les plaisanteries anatomiques, et pour qui la politique ne pouvait être un sujet de plaisanterie. Monsieur de N..., qui venait de réciter l'impérissable pièce de vers, regarda autour de lui et, ne voyant que des visages sévères et réprobateurs, fit mine de ramasser quelque chose par terre et recula jusqu'au mur, regagnant à grand-peine sa place.

L'orateur fut remplacé par un personnage vêtu d'un bel habit, trop beau pour lui, pensa aussitôt la marquise, remarquant que le personnage ne faisait que tirer sur ses manches, resserrer sa cravate, et fourrait même ses mains dans ses poches, montrant ainsi tous les signes d'un manque d'assurance fort nuisible à quelqu'un qui veut persuader une assistance de la nécessité d'un traité de commerce. Apparemment, personne ne comprenait ce qu'il essayait d'exposer. Lorsque, après un ultime effet de manchettes accompagné d'un claquement de talons, l'homme reprit son souffle avant de reprendre son argumentation, la Marquise serra très fort les bras de son fauteuil et se mordit les lèvres ... cet individu bafouillant méritait que son élan soit coupé par quelque chose ... comme un pet ! Un pet ferait diversion à ce babil mortel. Et que ferait alors l'assistance ? La Marquise ne pouvait penser que tous puissent approuver les borborygmes de ce personnage. Par exemple, Monsieur ... elle ne savait plus son nom, mais il était un bon musicien, Monsieur de Fantin, ce grand avocat qui ne manquait pas d'humour aux heures où il était séant d'en montrer, et le Père Jésuite ami de la famille, qui savait si bien raconter l'histoire sainte, ces personnes ne pouvaient décemment apprécier ce discours creux et abscons. Tout le monde gardait un silence digne d'un couvent de Trappistes, certains par correction, d'autres sans doute par timidité, ou tout simplement parce qu'ils ne comprenaient pas un mot de ce qui se disait. Si un pet éclatait au moment où l'homme reprenait son souffle ? Cela ranimerait tout le monde, et la conversation redeviendrait brillante et enjouée.

Mais apparemment, personne n'avait abusé de ces légumes cultivés dans la région de Soissons, qui causent de ces bruits joyeux égayant les fins de banquets paysans ... Une quinte de toux n'aurait pas eu l'effet brillant d'un pet, d'ailleurs l'on peut aisément réfréner sa toux, ou sortir pour ne pas incommoder l'assistance avec ce bruit évoquant une maladie triste et dégénérescente. Alors qu'un pet, loin d'être un signe de maladie, prouve que l'on a fait honneur au gigot et à ses légumes d'accompagnement.

La marquise se souvint d'une conversation surprise alors qu'elle attendait chez son notaire : dans le bureau voisin, deux jeunes clercs s'esclaffaient en conversant avec ces bruits produits par leur derrière, et un ou deux autres employés les encourageaient à développer la plus belle et la plus sonore basse-taille. Elle avait pensé qu'il valait effectivement mieux péter pour tuer le temps que d'importuner le monde avec des plaintes, des libelles, des ragots ou de mauvais vers, au moins, dans ce cas, tout le monde s'amuse. Et elle avait entendu la voix de son notaire qui signalait qu'il fallait reprendre le travail, mais qu'ils avaient tout loisir de continuer leur musique digestive, car il valait mieux passer pour grossier en lâchant la bulle captive que d'interrompre sa besogne. Et il avait achevé par « Il vaut mieux péter en compagnie que de crever dans un petit coin ». Cela avait convaincu la Marquise, s'il en était besoin, que son notaire était un homme compétent dans la gestion des revenus.

L'orateur en avait enfin fini, et la Comtesse s'était levée pour le féliciter de la clarté de son discours et l'avait assuré qu'elle était de son avis concernant toutes ces questions économiques auxquelles les gens ne comprennent jamais rien. L'assistance se levait, remuait, délassait ses membres atteints de crampes, et la Marquise sentit son ventre grouiller ... un pet était lâché ! Mais, en même temps, le Père Jésuite avait pris la parole, une dame avait répondu avec une voix assez aiguë, un vieux Monsieur très imposant s'était levé en raclant des pieds le parquet, un valet avait ouvert la porte dont les gonds grinçaient, et le pet passa inaperçu.

La Marquise se dit qu'elle avait gâché ce doux bruit qui aurait dû arriver bien plus tôt. Mais on ne commande pas à sa digestion ... Elle serait seule à éprouver le bien-être que procure sa majesté le pet. Tant pis pour eux ! Ils ne connaîtraient jamais le bonheur de sentir s'échapper de soi une douce et grave mélodie, en même temps qu'un bien-être inestimable vous envahit lorsque l'ennemi s'est enfin échappé de son ventre. L'important dans la vie, c'est le confort, et le pet en fait partie ...

Mélodies en sous-sol

Bon, ben, c'est moi, là, debout parmi la foule, aïe mes pieds et attention à mes bagages.

Un quai de gare. Et au bout une ville où il pleut, et moi qui n'ai pas un rond et le cafard. Qu'est-ce que je fais là, sur ce quai, et cette pluie dans une ville du sud ça ne colle pas, je ne veux pas descendre ici, je remonte, que le train reparte, je ne veux pas rester ici c'est trop laid.

Trop tard, la foule m'a coincée, des gens râlent « avancez ! », je grimpe les escaliers du passage et j'arrive dans la gare. Les gens m'ont coincée sur ce quai de gare, et c'est pour cela que je piétine, avec mon violon et mes valises, ne me poussez pas, c'est lourd et ce n'est pas drôle sous la pluie.

Hier, j'ai quitté Paris, mon Paris que je ne voulais pas abandonner, parce que je cherchais du travail, que l'on me recommandait cette ville, « il y fait beau, dans le sud » ... Tu parles ... Moi, je ne suis pas du sud, je suis de Paris et je voulais y rester. Et il y a l'autre ... lui, qui m'a dit que « ce n'était plus possible », que « il fallait que je comprenne », que « le travail passait avant tout ». Et bla bla bla. Quitter le mec, à la rigueur. Mais le mec plus Paris, c'est trop, je veux remonter !

Et évidemment, le poste pour lequel on m'avait paraît-il « chaudement recommandée » est déjà pris. Et on regrette, et on se fout de savoir que j'ai passé une nuit dans le train, que j'ai écrit, reçu une réponse, non, c'est pris. Allez voir ailleurs, tiens, à ...

Et je reprends le train. Et je vais encore plus loin. Plus au sud. Et il pleut toujours, et je me fais bousculer. Mais pourquoi ai-je débarqué ici ? Je ne connais pas, rien ni personne, où suis-je, d'ailleurs ? J'ai failli oublier le nom de la ville. Ma valise, l'autre, le violon, le sac ... Ca va, tout est intact. Mais où vais-je ?

Allez, un hôtel. Pas trop cher mais correct, il est trop tôt pour frapper aux portes. Et je suis froissée, fripée, et mes doigts sont engourdis, brisés par les poignées des valises, si on me demande de jouer, je ne sais pas ce que cela va donner ... Allongeons-nous un moment, le temps que la douche au fond du couloir soit libre. Mais je suis trop crevée pour dormir.

Et c'est toujours dans ces moments-là que des pensées très agaçantes arrivent. Un tel, et truc, et machine, et le mec, le numéro un qui a duré. Que j'ai quitté en y laissant des plumes. On était inséparables, il me collait aux bottes, moi j'étais contente de ne pas affronter seule les auditions, les concours ... Mais il me faisait du tort, il voulait passer les mêmes concours, et il jouait plutôt mal, et j'étais assez stupide pour ne pas me rendre compte. Et en plus il était assez partageur. Communautaire en tous genres, vous voyez ? Polysexuel, dirais-je ... C'était rigolo, d'accord, mais comment travailler ses gammes quand la chambre est prise par deux ou trois ahuri(e)s qui refont le monde en fumant du shit ? J'ai essayé de partir avec la copine, elle me plaisait bien mais l'autre me collait, il avait besoin de moi pour trouver du travail, et il a dragué la copine, et elle a fichu le camp. Pas partageuse.

Et puis après il y a eu l'autre, celui que je viens de quitter sur le quai de la gare à Paris. Il valait mieux ... j'ten fiche ! J'ai le cafard, moi, pourquoi dois-je m'exiler ? Pourquoi pas lui ? Lui, il n'était pas musicien, au moins, et il acceptait mon genre de vie. Mais me savoir près de lui l'agaçait, il me voulait à distance, peut-être ? Alors pourquoi m'avait-il hébergée ? J'avais ma piaule. Il avait voyagé, fait le tour du monde, je devais aussi bouger, ne pas me scléroser. De quel droit me dirigeait-il ?

Bon, lève la tête, Nénette, me dis-je, tu as autre chose à faire qu'à pleurnicher. Après tout, il ne t'a pas obligée à prendre le train sous la menace, tu lui as obéi. Zut, obéir ! Enfin, non, j'ai suivi son conseil. Mais qu'est-ce qui m'a pris ? Et à part ça, qu'est-ce que je fais ?

Je me suis souvenue de bouts de conversations, d'avis de copains, qui disaient qu'il y avait un orchestre dans cette ville, mais qu'ils n'embauchaient que des gens du pays. Des xénophobes, baragouinant avec un accent pas possible. Et de toute façon, tout est bouché par ici. Bon alors ?

Tant pis pour ces avis négatifs, je suis allée frapper à la grande porte du conservatoire, j'ai demandé à voir le directeur, en donnant mon nom, en ajoutant « violoniste ». Des fois que la secrétaire croie que l'étui que j'ai à l'épaule était un fusil d'assaut, on ne sait jamais ... Et voilà. On me reçoit, venez vite, les bons violonistes sont rares par ici, on paye.

Ah bon. Du coup, j'hésite à pousser la porte du théâtre. C'est bête, l'être humain.

Voilà, je joue dans la fosse d'orchestre. Une opérette néo-espagnole, pour gentils retraités nostalgiques. Musicalement, très moche, mais encore plus moche que ça ... Et les musiciens : côté cordes, majorité féminine, âge mûr, les jeunes repoussés au dernier rang. On y papote, on y tricote, on s'y plaint de sa santé. Côté vents, majorité masculine, les jeunes bizutés au milieu. On y ronchonne, on y drague, on s'y plaint de sa santé.

Et puis le chef. Un vieux qui connaît son boulot, mais qui émaille ses indications musicales de plaisanteries de régiment. Et qui est superstitieux ! On ne s'habille pas en vert – à cause de la mort de Molière -, on ne prononce pas les mots de « ficelle » ni de « corde » – superstitions venant des marins ... Mais il sait diriger, on enfile cette opérette sans problème.

Eh oui, j'ai voulu être musicienne. La boulangère m'a dit « vous avez de la chance, comme ça vous allez au théâtre gratuitement ! » J't'en fiche ! Je suis au fond de la fosse, je n'entends rien de ce qui se chante sur scène, j'ai les oreilles brisées par les cuivres juste derrière, j'ai envoyé promener un abruti qui me draguait. Brcf, j'exerce mon métier de musicienne d'orchestre. De fosse. Et, dans cette fosse, on ne nous jette même pas des cacahuètes.

Et il y a eu un autre chef, un jeune. Raide, prétentieux. Du coup, au lieu d'attaquer l'opérette suivante, on a selon les indications du premier trompette, le délégué syndical, entonné en chœur une chanson paillarde. Et il a découvert des photos pornos dans sa partition. On s'amuse comme on peut. Fallait le dresser !

Mais bon, ils m'ont payée. J'avais un contrat, il est arrivé à expiration. Et je m'ennuyais. Les pouvoirs publics ont dû s'en rendre compte, la saison était terminée, et moi je n'étais pas de la région. Je n'avais rien appris, j'avais juste enfilé des notes dans une fosse, sans savoir ce que donnait l'ensemble. J'avais passé un peu de temps, c'était tout. J'avais visité un musée, j'avais retrouvé des musiciens anciens copains de conservatoire, qui comme moi finissaient leur contrat et partaient ailleurs, en n'ayant pas oublié les fiches de paye, les vignettes de Sécu, la feuille pour le bureau du chômage des artistes. Alors ... J'ai repris le train. Pour Paris.

De Versailles au couvent

« Le Roy est mort, vive le Roy ! » Ainsi, Monsieur De La Tour d'Auvergne, duc de Bouillon, Grand Chambellan de France, venait-il en ce 10 mai 1774 d'annoncer la mort de sa majesté Louis le Quinzième et l'avènement de son successeur, son petit-fils, Louis Seizième du nom.

Peu après, une voiture quitta Versailles discrètement. Elle emportait Madame Jeanne Bécu de Cantigny de Vaubernier, Comtesse du Barry, vers le couvent de Pont-Aux-Dames, près de

Meaux. C'était la fin du règne de la dernière maîtresse de Sa Majesté[4].

Madame du Barry trouva de prime abord les religieuses fort gentilles, mais l'atmosphère du lieu lui parut très vite bien ennuyeuse : bien qu'ayant ces derniers temps passé ses journées à soigner son royal amant, elle restait une présence influente à la cour de Versailles. A Pont-Aux-Dames, elle menait une vie bien réglée entre les offices, et ne pouvait prétendre à recevoir autant de courtisans qu'elle le pouvait durant sa splendeur. Se souvenant que dans son enfance elle avait cru ressentir la vocation, elle s'efforça de prier, de bien se tenir, mais sa vivacité naturelle lui faisait commettre assez souvent des écarts de langage et de conduite. Les bonnes religieuses, constatant son ennui, lui proposèrent de commander des ouvrages à lire, de s'occuper à coudre, broder, dessiner. Mais la Comtesse n'avait plus la patience pour

---

[4] Jeanne Bécu de Cantigny, dite Mademoiselle de Vaubernier car fille d'un moine franciscain appelé Jean-Baptiste De Vaubernier (en religion, Frère Ange), épouse du Comte Du Barry, est née à Vaucouleurs (55-Meuse) en 1743 et morte guillotinée en 1793. Elle fut la dernière maîtresse en titre du Roi Louis XV.

coudre, et les livres qu'elle ouvrait lui tombaient bien vite des mains.

Des personnes la visitèrent, s'efforçant de lui conter les dernières nouvelles du monde des arts, mais elle n'écoutait que distraitement les relations qu'on lui faisait des pièces ou des discussions littéraires du moment, et s'aperçut très vite qu'elle ne savait pas parler de ces choses et que ses propos ne provoquaient chez ses interlocuteurs que déception et ennui. Car la Comtesse avait toujours été entourée de courtisans qui, pour s'assurer des faveurs du Roi, flattaient sa maîtresse et lui prêtaient nombre de mots d'esprit qu'elle n'avait jamais imaginés. Ici, les religieuses cherchaient seulement à lui rendre la vie plus agréable, mais n'avaient pas besoin de quémander une charge ou une rente. Cette attitude la conforta dans l'opinion qu'elle avait que le couvent éteint l'esprit et empêche quiconque de montrer ses talents oratoires et scripturaires. En effet, si Madame du Barry pouvait écrire à qui elle voulait, elle se lassait vite de décrire sa vie de couventine et cet endroit où il ne se passait rien.

Ses plaintes inquiétèrent les religieuses, qui en touchèrent un mot à l'aumônier du couvent. Ce dernier décida de rentre visite à cette malheureuse personne, qu'il espérait secrètement remettre dans le droit chemin. Aussi lui fit-il savoir qu'il la visiterait le lendemain.

Madame Du Barry passa un long moment à s'habiller, à se coiffer, à s'apprêter le mieux du monde. Se souvenant de ce que l'auteur de ses jours avait sans doute été un moine franciscain, elle se piquait de savoir prendre ces corbeaux par le bout de l'aile. Sans y mettre la moindre touche de provocation, elle sut s'apprêter de façon à faire naître chez son interlocuteur un désir discret mais qui ne pouvait que croître au fur et à mesure de la conversation. L'aumônier arriva avec les meilleures intentions du monde, ayant préparé un sermon destiné à faire prendre patience à cette pécheresse, à défaut de lui faire regretter ses écarts passés, mais ne put s'empêcher de dévorer des yeux les appâts de sa pénitente, à tel point qu'il ne pouvait trouver les mots qui convenaient. La Comtesse se montra extrêmement aimable, l'aidant à trouver le mot qui lui échappait, mais le regardant avec un air d'encouragement qui ne faisait qu'augmenter son trouble. Le brave ecclésiastique finit par se retirer sans avoir pu dire un mot qui eût trait à la mission qu'il s'était confiée.

L'aumônier parti, la prieure vint trouver la Comtesse qui se répandit en éloges sur l'éloquence et la persuasion dont avait fait preuve le digne homme, et la religieuse fut convaincue que sa pensionnaire était dans une bonne voie et que l'on pouvait espérer dans la rémission de ses péchés.

L'abbé revint le lendemain, toujours résolu à ramener sur le chemin de la foi cette brebis égarée, mais à peine avait-il commencé une phrase que la Comtesse l'achevait dans un tout autre sens : l'habitude de la cour l'avait rendue fort habile à tourner une argumentation en sa faveur, et ce pauvre religieux n'était pas de taille, occupé qu'il était à chercher ses mots, de plus en plus troublé par le doux visage de sa pénitente et l'échancrure de sa robe qui s'entrouvrait de plus en plus sur une peau blanche et dont on pouvait deviner la douceur. Au bout d'un moment, il parut se réveiller, passa de la rougeur extrême à la blancheur de la mort, et se leva, se voilant la face, et s'écria : « Seigneur ! Aidez-moi ! C'est Satan qui est venu habiter le corps de cette personne ! Vite, de l'eau bénite, il faut exorciser cette Messaline ! » Madame Du Barry ne l'en estima que davantage, cet homme savait apparemment mieux résister que les abbés de cour qu'elle avait fréquentés ces dernières années.

L'ennui de la vie au couvent lui ayant inspiré d'amener un homme de Dieu au bord du précipice, la Comtesse en conclut que ce sentiment est le pire des ennemis de la vertu. Elle écrivit lettre sur lettre à tous les gens influents qu'elle avait gardés dans ses relations, et son exil prit fin. On lui rendit sa pension et elle put acquérir une propriété à la campagne, où elle s'empressa de recevoir toutes les personnes influentes de la région qui, d'abord défavorablement disposée envers elle, changèrent vite d'avis grâce à son accueil fastueux et l'excellence de sa table, et la gent masculine tomba très vite sous son charme.

Cependant, la vie dans une propriété campagnarde n'était pas celle de la cour et Versailles manquait à Madame la Comtesse. L'ennui étant un diable qui poussait au vice, elle chercha dans son entourage quelque personne à séduire ou, à défaut, à tourmenter. Parmi les convives habituels se trouvait l'évêque d'Orléans, un brave homme sérieux mais non dénué d'esprit et d'humour, qui lui demanda la faveur de lui présenter son neveu, un jeune abbé fraîchement ordonné, qui espérait une charge ecclésiastique à la hauteur de ses ambitions.

Le petit abbé était d'un commerce assez agréable, quoiqu'il fût particulièrement timide, mais Madame Du Barry ne désespéra pas de faire s'épanouir ce petit bouton de rose – ainsi l'avait-elle surnommé – et elle décida de parfaire son éducation dans le domaine des mondanités.

Contrairement à ce à quoi tout le monde pouvait s'attendre, le jeune homme ne parut pas particulièrement ému par les charmes de la Comtesse. On se demanda si par hasard il ne préférait pas Antinoüs à Vénus, et on s'enquit de ses habitudes.

Ce fut le cocher de la Comtesse qui l'éclaira : l'homme vint la trouver, furieux. Il fréquentait assidûment une jeune paysanne qu'il souhaitait épouser, et qu'il avait fait embaucher comme fille de cuisine. Cette jeune fille était fort pieuse, poussait l'amour de la religion jusqu'à passer tout son temps libre à confesse, et suivait aveuglément tous les conseils qui lui étaient donnés à cette occasion. Le jeune abbé s'était trouvé là, et sa jolie figure avait fait que la confession s'était prolongée plus longtemps que ne l'aurait exigé la bienséance. Le fiancé s'en était offusqué et avait prié la Comtesse de convaincre l'Abbé de ce que les confessions ne se faisaient généralement pas dans une chambre à coucher.

La Comtesse hésita, mais, ayant promis à l'oncle évêque de s'occuper du neveu, décida de prendre le taureau par les cornes. Elle fit appeler le petit satyre et le morigéna en ces termes : « Monsieur l'Abbé, c'est sur l'injonction de votre oncle que je me permets de vous conseiller. Il faut savoir vous respecter vous-même jusqu'à ce que les autres soient obligés de le faire. Tant que vous serez un simple abbé, ou un curé de paroisse campagnarde, prenez vos maîtresses parmi les femmes de qualité. Vous pourrez vous permettre de descendre plus bas quand vous serez arrivé à l'épiscopat ! »

La Comtesse fut ravie de pouvoir relater cette aventure à toutes ses connaissances. Et, peu après, l'aventure ayant ravi tout le monde, on lui rendit sa maison de Louveciennes, où elle put enfin mener le train qui seyait à une dame ayant si longtemps fait partie de la cour. Elle n'oublia pas de conserver parmi sa domesticité le cocher dont la plainte avait déclenché cette amusante aventure.

A quoi pense la Tour Eiffel ?

Nous sommes en 1889, et je suis debout, là, tout le monde me regarde. Voilà deux ans que l'on s'affaire autour de moi, que l'on me bichonne, que l'on visse, monte, frotte, que l'on assemble mes os. Et me voilà. C'est moi, la Tour Eiffel, bâtie pour l'exposition universelle. Et on me regarde.

Bon, les gens qui demeurent à côté, ils ont eu le temps de s'habituer à me voir monter, monter, je dépasse les toits des immeubles, ils levaient de plus en plus la tête pour me regarder. Mais ceux qui arrivent, ils me voient de loin, ils poussent des cris. Et pas toujours d'admiration ... des poètes ont fait une pétition contre moi, ils m'ont traitée de lampadaire, de squelette, de cheminée d'usine [5] ... et un historien d'art a dit un jour qu'il habitait « au pied du monument le plus laid de Paris ». Pas ma faute, s'il habitait avenue de Suffren !

En attendant, je suis toujours là. On a parlé de me vendre à la ferraille ... j'ai craint un moment, mais non, cela ne s'est pas fait. Et on m'a mis des antennes, je sers pour la radio, la télévision ... j'ai quelquefois mal à la tête, avec toutes ces ondes qui vibrent, le vent tourne autour, vous ne vous rendez pas compte, vous, en bas, mais je bouge, j'en ai plein la tête, et j'entends toutes les bêtises qui se racontent sur les ondes ... pfff ... dans l'usine où l'on m'a fabriquée, des hommes parlaient, chantaient, riaient ou râlaient, selon les jours et le travail qu'ils avaient à faire, je les entendais, leurs voix ne passaient pas par des émetteurs ...

---

[5] Léon Bloy, Paul Verlaine, Guy de Maupassant entre autres.

Bon, mais maintenant, on me regarde. Et puis ? J'aimerais bien avoir quelque chose à faire, bouger, au lieu de subir ces vibrations. Ah, bon, il paraît que je suis là pour transmettre ... bon, d'accord, mais je ne puis pas suivre toutes les conversations, il y a de la musique, des voix, mais tout se brouille.

Tiens, mais, je suis en fer, d'accord, mais si j'étais en bois ? Je prendrais racine et je pousserais ... ce serait drôle, je serais un arbre de trois cent mètres de haut ... là, je battrais tous les records ! Et je continuerais à pousser, et les hommes auront peur que tout s'écroule autour ... Mais, est-ce que je ne peux pas pousser quand même ...

Un homme passe dans Paris, il constate qu'il y a une fissure dans un mur d'immeuble. Vérification faite, la cave s'écroule. On colmate. Un peu plus loin, une autre fissure, toujours la cave. Ah, ces vieux immeubles ! Pense-t-on. Et puis un immeuble s'écroule. Et puis un autre. Et, au fin fond de la cave, on trouve des poutrelles de fer qui percent les murs. D'où sortent-elles, ces poutrelles ? On les dégage, on les suit, mais on ne peut pas trop, on ferait s'écrouler un autre immeuble ...

Ciel ! La Tour Eiffel a pris racine, elle vit comme un arbre géant ! Et ses racines labourent le sol, crèvent les souterrains du métro, la Seine avec qui elle s'est entendue s'engouffre dans les brèches ... Un jardin de fer envahit le septième arrondissement, menace de s'étendre, les hommes s'enfuient, on pense à une attaque nucléaire, qui est le pays ennemi qui a pu créer cette arme terrible, conclure une alliance avec la Tour Eiffel pour qu'elle s'emploie à détruire Paris qui l'a faite naître ? Sûrement des extra-terrestres qui se sont attiré la complicité de cette plante métallique, des engins interplanétaires vont arriver bientôt, il en sortira des hommes verts, ou bleus, ou des ectoplasmes, qui vont prendre le pouvoir !

La Tour Eiffel s'est révoltée, elle s'est alliée avec des envahisseurs de l'espace, elle était saturée des stupidités qui passent sur les ondes, elle a décidé de prendre le pouvoir et d'étendre ses racines et ses branches sur ce monde qui l'a faite bâtir pour qu'elle soit critiquée, ridiculisée, honnie, traitée de cheminée d'usine tout juste bonne à mettre à la ferraille ... Des branches de fer s'étendent, formant des ponts au-dessus de la ville qui s'écroule petit à petit, le fer qui la compose se met à briller, irradie de rayons argentés le paysage qui attend les autres, les entités supérieures ...

Et puis l'historien d'art qui la trouvait laide s'est habitué, il a dit « à force de l'examiner, je trouve à ses volutes un petit air Louis quinze ... ». Et un poète a dit que puisque le symbole de Paris était une nef, la Tour était le mât d'un gigantesque navire. Et des peintres en ont fait des tableaux ...

Le navire a regardé la ville, il a incliné son mât, et la Tour a remis la ville en état, elle a rentré ses racines, ses branches, elle a souri aux touristes et à leurs réflexions, elle s'est acceptée comme le mât du navire.

Et voilà, je me suis réveillée, pardon, vous m'endormiez avec vos ondes qui se brouillent dans ma tête ! J'ai rêvé ... en tous cas, vous m'avez acceptée comme symbole, vous ne vous moquez plus de moi. Et puis, pourquoi détruire ? D'abord, le fer, ça ne pousse pas. Et puis faire écrouler les maisons, ce n'est pas gentil, par où passeraient-ils, les touristes qui viennent me voir ?

Bon, je rêvais, parce que je m'ennuyais. Tâchez de diffuser des choses intéressantes, parfois. Vous savez, j'entends et je vois tout. Et je suis le phare de cette ville qui grouille. Attention, les gens, je vous surveille ...

Table des Matières

Je m'ennuie 7
L'Errance............................... 15
Un Cadeau........................... 24
Echec à l'horizon 37
Rien de Neuf 52
Les gammes......................... 63
Vive les vacances 74
Meuh ! 86
L'indifférence 90
Après la Révolution.............. 96
Eloge du pet 107
Mélodies en sous-sol 114
De Versailles au couvent 121
A quoi pense la Tour Eiffel ? 130

Autres romans de Micheline Cumant
parus aux éditions Books On Demand :

- Monsieur Barbotin, Maître en Musique
… ou les tribulations d'un génie méconnu.
On a toujours écrit sur les grands musiciens … mais on a oublié les mauvais !

- Le Réveillon de Socrate, roman policier.
Où le détective … est le chat !

- Le Prince et ses Bouffons.
Quand un pianiste rencontre un Prince russe qui lui apprend qu'il est la réincarnation de Franz Liszt …